歌的物诗中动

孟祥静 ——————【编著】

SHIGE

YU

KEPU

河海大学出版社
HOHAI UNIVERSITY PRESS

·南京·

图书在版编目（ＣＩＰ）数据

诗歌中的动物 / 孟祥静编著. -- 南京 ： 河海大学
出版社，2022.3（2023.5重印）
（诗歌与科普 / 何薇主编）
ISBN 978-7-5630-7424-2

Ⅰ. ①诗… Ⅱ. ①孟… Ⅲ. ①古典诗歌－诗集－中国
②动物－普及读物 Ⅳ. ①I222②Q95-49

中国版本图书馆CIP数据核字(2022)第011092号

丛 书 名 / 诗歌与科普
书　　　名 / 诗歌中的动物
　　　　　　SHIGE ZHONG DE DONGWU
书　　　号 / ISBN 978-7-5630-7424-2
责任编辑 / 毛积孝
丛书主编 / 何　薇
特约编辑 / 方　璐
特约校对 / 李　萍
装帧设计 / 秦　强
出版发行 / 河海大学出版社
地　　　址 / 南京市西康路1号（邮编：210098）
电　　　话 / （025）83737852（总编室）
　　　　　　（025）83722833（营销部）
经　　　销 / 全国新华书店
印　　　刷 / 三河市元兴印务有限公司
开　　　本 / 880mm×1230mm　1/32
印　　　张 / 8.25
字　　　数 / 207千字
版　　　次 / 2022年3月第1版
印　　　次 / 2023年5月第2次印刷
定　　　价 / 49.80元

| 序

　　动物是自然界中最大的一个种群，是自然环境不可分割的一个重要组成部分。各种各样的动物分布在世界的各个角落，有生活在陆地上的动物，有生活在水中的动物，有翱翔在空中的动物，还有神话传说中的动物等。

　　动物先于人类生活在地球上，动物和人类的关系密不可分，可以说，人类的衣食住行都与动物息息相关。动物为人类的生活作出了巨大贡献，甚至推动了人类文明的发展与进步。

　　我国古代的文人通过动物寄托表达自己的情感，留下了许多脍炙人口的诗词。如虞世南借助蝉"居高声自远，非是藉秋风"来表达自己高洁的人品；骆宾王则用"西陆蝉声唱，南冠客思深"来倾诉自己在狱中对家乡的深深怀念之情；李璟以"青鸟不传云外信，丁香空结雨中愁"来表达自己的惆怅与彷徨；《古诗十九首》中用"不惜歌者苦，但伤知音稀。愿为双鸿鹄，奋翅起高飞"来表达觅得知音的愿望；苏轼用"老夫聊发少年狂。左牵黄，右擎苍"来抒发豪情与壮志。

　　本书根据动物的特点分为四篇，即陆上动物、飞翔动物、水中动物、传说动物，选取含有动物的经典古诗词，对其中不易理解的词句加以注释，帮助读者阅读，并对诗词中的动物进行简单的科普。由于笔者水平有限，书中难免存在疏漏和不严谨之处，恳请广大读者批评指正。

目录

诗歌中的动物

目录

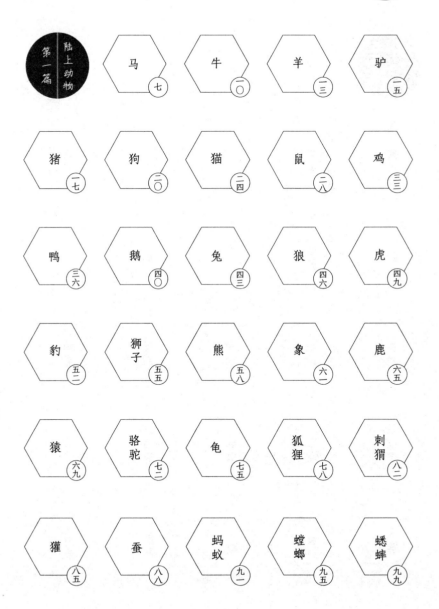

第一篇　陆上动物

马　七

牛　一〇

羊　一三

驴　一五

猪　一七

狗　二〇

猫　二四

鼠　二八

鸡　三三

鸭　三六

鹅　四〇

兔　四三

狼　四六

虎　四九

豹　五二

狮子　五五

熊　五八

象　六一

鹿　六五

猿　六九

骆驼　七二

龟　七五

狐狸　七八

刺猬　八二

獾　八五

蚕　八八

蚂蚁　九一

螳螂　九五

蟋蟀　九九

目录

第二篇 飞翔动物

乌鸦 一〇五

喜鹊 一〇九

雀 一二二

大雁 一一五

燕子 一一八

鸳鸯 一二一

蜜蜂 一二四

蝴蝶 一二七

蜻蜓 一三〇

蝉 一三三

鸳鸯 一三六

鹦鹉 一三九

鹤 一四一

鹰 一四四

孔雀 一四六

鹧鸪 一四九

黄鹂 一五二

翠鸟 一五五

画眉 一五七

蚊子 一五九

苍蝇 一六一

蝗虫 一六三

鸽子 一六六

杜鹃 一七〇

雕 一七三

鹌鹑 一七五

鸥 一七七

戴胜 一八〇

伯劳 一八三

目录

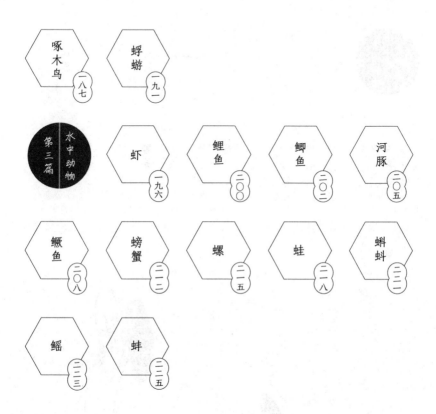

啄木鸟 一八七

蜉蝣 一九一

第三篇 水中动物

虾 一九六

鲤鱼 二〇〇

鲫鱼 二〇二

河豚 二〇五

鳜鱼 二〇八

螃蟹 二一二

螺 二一五

蛙 二一八

蝌蚪 二二一

鳀 二二三

蚌 二二五

目录

第四篇 传说动物

龙 二三〇

白虎 二三三

玄武 二三五

凤凰 二三七

麒麟 二四〇

鲲鹏 二四二

穷奇 二四四

饕餮 二四六

三足鸟 二四九

蜃 二五一

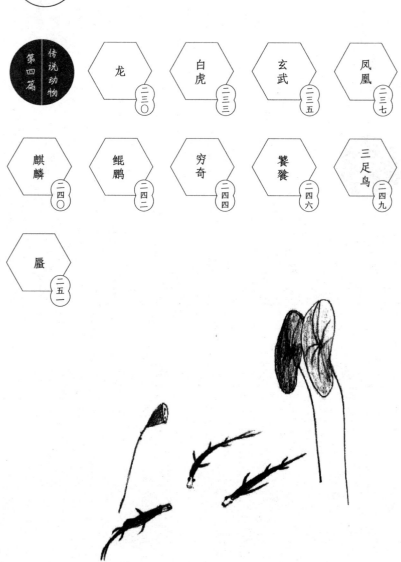

第一篇　陆上动物

· LU SHANG DONGWU

●●

破阵子·为陈同父赋壮语以寄

〔宋〕辛弃疾

　　醉里挑灯[1]看剑，梦回吹角连营。八百里[2]分麾下炙，五十弦翻塞外声，沙场秋点兵。

　　马作的卢[3]飞快，弓如霹雳弦惊。了却君王天下事，赢得生前身后名。可怜白发生！

注释

[1] 挑灯：点灯。
[2] 八百里：指牛。《世说新语·汰侈》中有"晋王恺有良牛，名'八百里驳'"。
[3] 的卢：额上有白色斑点的骏马。刘备曾乘曹操所赠的的卢马过襄阳檀溪，马一跃三丈，助刘备脱离险境。

天净沙·秋思

〔元〕马致远

　　枯藤老树昏鸦，小桥流水人家，古道^[1]西风瘦马^[2]。夕阳西下，断肠人在天涯。

注释

[1] 古道：指废弃的古老驿道或年代久远的驿道。

[2] 瘦马：形容骨瘦如柴的马。

咏马二首·其一

〔唐〕唐彦谦

紫云 [1] 团影电飞瞳 [2]，骏骨 [3] 龙媒 [4] 自不同。
骑过玉楼金辔响，一声嘶断落花风。

注释

[1] 紫云：指骏马奔跑时扬起的烟尘如同紫色的烟云。
[2] 电飞瞳：像闪电一样从眼前飞过。
[3] 骏骨：指千里马的骨骼。战国时郭隗以古人用重金买千里马骨之事劝燕昭王用重金招揽人才。
[4] 龙媒：古人认为天马为龙之媒，有天马到来，就会有龙出现。

房兵曹胡马

〔唐〕杜甫

胡马大宛名[1]，锋棱瘦骨成。
竹批双耳峻，风入四蹄轻。
所向无空阔，真堪托死生。
骁腾[2]有如此，万里可横行。

注释

[1] 大宛（yuān）名：大宛以产良马著称。大宛，汉代时西域国名，生产良马。

[2] 骁腾：健壮的骏马奔驰飞腾。

◎马

　　马，草食性群居动物，是"六畜"中最晚被驯化的，大约在四千年前被驯服。在农耕时代，马主要用于交通往来、行军打仗等。

　　马在出生的第一年会长出两颗门牙，以后每年会长出两颗新牙，所以根据牙齿数量、磨损程度等可以判断马的年龄。马的四肢长，骨骼坚实，心肺发达，适于奔跑和劳动。马是一种非常聪明的动物，拥有惊人的长期记忆力，故有"老马识途"一说。马还有一个奇特的习性就是可以站着睡觉。

　　马有许多别称，如骥，指老马；骓，指黑色白蹄的马；骝，指黑鬃黑尾的红色马；骠，指黄色的马等。按照品种分，有伊犁马、三河马、河曲马、蒙古马、大宛马等。

　　中国历史上出现了许多名马，如赤兔马、的卢马、昭陵六骏、汗血宝马、乌骓马等。赤兔马是三国时期吕布的坐骑，时有"人中吕布，马中赤兔"之说。的卢马是三国时期刘备的坐骑，据伯乐《相马经》介绍，的卢是一种凶马，不过却助刘备逃出险境。昭陵六骏是唐太宗李世民的六匹骏马，分别是特勒骠、青骓、什伐赤、飒露紫、拳毛䯄和白蹄乌。李世民当上皇帝后，为了纪念它们，将它们雕刻在自己陵墓的石屏上。汗血宝马是传说中的良马，产于大宛，奔跑时流出的汗呈血色，可日行千里。乌骓马是项羽的坐骑，通体乌黑，四个蹄子雪白，也叫"踏云乌骓"。据说"乌骓"刚被捉住时，野性难驯，唯有项羽将其驯服。

五歌·放牛

〔唐〕陆龟蒙

江草秋穷似秋半，十角 [1] 吴牛 [2] 放江岸。
邻肩抵尾作依偎，横去斜奔忽分散。
荒陂断堑无端入，背上时时孤鸟立。
日暮相将带雨归，田家烟火微茫湿。

注释

[1] 十角：十头，牛一头称为一角。
[2] 吴牛：长江下游的一种水牛。

病牛

〔宋〕李纲

耕犁千亩实 [1] 千箱，力尽筋疲谁复伤 [2]？
但得众生皆得饱，不辞羸病卧残阳。

◎牛

牛是偶蹄类食草性动物，原来主要分布在亚洲、非洲、美洲的林地或草原地带。随着野牛的被驯化，家养牛几乎遍布世界各地。牛的体形粗壮，在过去是农业生产活动中重要的帮手。

牛按照品种进行分类，主要有黄牛、水牛、野牛、牦牛等。黄牛皮毛多为黄褐色或黑色，多用于耕地或运输。水牛喜欢泡在水塘，让身上沾满泥浆，可防蚊虫叮咬。野牛主要有美洲野牛、欧洲野牛，特征是头部和前半身的毛很长。由于人类的大量猎杀，野牛的数量已经很少了。牦牛主要分布在青藏高原，很早以前就被驯化。牦牛的毛很长，可耐寒，腿虽短却粗壮有力，适合高原山区的生活。

牛的适应性很强，不管所在地的气候如何，都能快速融入。牛以青草为主食，也吃一些绿色植物或果实，吃饱后会进行反刍。为了贮存食物，牛的胃在进化中形成了四个室，即瘤胃、蜂巢胃、瓣胃和皱胃。牛在吃草时是不加咀嚼而直接吞咽的，这些草会聚集在瘤胃中，形成许多小草团。当牛吃饱或休息时，它再把这些小草团返回到嘴里慢慢咀嚼，以使食物更好地被消化和吸收。

牛在东西方文化中都具有重要的象征意义。在西方，牛是财富和力量的象征。在中国，牛是勤劳的象征，它在耕种、交通运输等方面不可或缺。宋代曾明文规定私自宰牛是犯法的。在印度，牛被视为神圣的动物。

年少行四首·其一

〔唐〕令狐楚

少小边州惯放狂，骣^[1]骑蕃马射黄羊。
如今年老无筋力，犹倚营门数雁行。

注释

[1] 骣（chǎn）：骑马不加鞍辔。

小游仙诗九十八首·选一

〔唐〕曹唐

共爱初平[1]住九霞，焚香不出闭金华。
白羊成队难收拾[2]，吃尽溪头巨胜[3]花。

注释

[1] 初平：指黄初平，15 岁时放羊，遇一道士，将其带到金华一石室修道，修炼 40 多年成仙，号赤松子，也称"赤松仙子"。
[2] 白羊成队难收拾：黄初平放羊不归，其兄黄初起到处寻找。多年后，一道士带其找到弟弟，见面后问弟弟羊在哪里，黄初平指着山上白色的石头说："在这里。"又用手指着石头说："羊起来。"白石头都变成羊站了起来，有数万头。
[3] 巨胜：黑胡麻。

◎羊

　　羊，食草性反刍动物，是"六畜"之一，较早被驯化。母系氏族时期，北方的原始居民已经开始在水草茂盛的地区牧羊狩猎。

　　羊的攻击力非常差，对人或者其他凶猛的动物基本不能构成威胁。它有一个奇特之处，便是瞳孔为方形。研究者认为，这种瞳孔视野开阔，能同时兼顾周边环境，有助于及时发现捕猎者。羊的常见种类有绵羊、山羊等，著名的羊种有波尔山羊、小尾寒羊、杜泊绵羊、亚洲黄羊等。需要注意的是羊驼不是羊，只是外形有点像绵羊，它属于哺乳纲偶蹄目骆驼科动物。

　　羊与人类的生活有着密切的关系，在中国传统文化中也有重要意义。如羊的性情温顺，在《增广贤文》中有"羊有跪乳之恩"的说法，后来人们便用羊羔跪乳形容孝顺，有感恩之心。《易经》以正月为泰卦，三阳生于下。冬去春来时，阴消阳长，意味着吉祥。因此，以"三阳开泰"作为岁首吉祥之语。在许多民间艺术中，也逐渐形成了用羊代表吉祥之意，如吐鲁番出土的南北朝织物"三阳开泰"，就是三只羊的图案。

菩萨蛮·戏林推

〔宋〕刘克庄

　　小鬟解事高烧烛。群花围绕摴蒲[1]局。道是五陵儿[2]。风骚满肚皮。

　　玉鞭鞭玉马。戏走章台下。笑杀灞桥翁。骑驴风雪中。

注释

[1] 摴（chū）蒲：古代博戏名，掷骰的泛称。

[2] 五陵儿：指富家子弟。

◎ 驴

　　驴，形象似马，多为灰褐色，四肢瘦弱，身高和体长大致相等。驴大概在五千年前被驯化，其体质健壮，抵抗力强，不易生病，性情温顺，容易役使。过去，驴主要被用来耕种、拉磨、乘骑、运输等。

　　驴起源于非洲，非洲野驴为现代家驴的祖先。非洲仅有一种野驴，生活在干燥的地区。亚洲有两种野驴，分别为藏野驴和中亚野驴。藏野驴主要分布在青藏高原，中亚野驴主要分布在中国新疆、蒙古、俄罗斯贝加尔湖附近、伊朗、阿富汗等。非洲野驴是一种趋于灭绝的动物，亚洲的藏野驴目前还有一定的数量，但也被列为重点保护动物。

　　中国驴的品种主要有体格高大的德州驴，外貌清秀的晋南驴，头粗肚大的云南驴，结构匀称的关中驴，四肢粗壮的广灵驴等。

　　驴的适应性强，耐热耐渴，但耐寒性差。它对食物并不挑剔，即使是干草，也能细细咀嚼，吃得津津有味。驴饮水时也很节制，从不把鼻子没入水中，很是优雅。

　　驴在中国文化中也占有一席之地。关于驴的成语、典故有很多，如驴唇不对马嘴、好心当作驴肝肺、卸磨杀驴等。

次韵杨明叔见饯十首·其一

〔宋〕黄庭坚

平津善牧豕 [1]，伙飞 [2] 能斩蛟。

终藉一汲黯 [3]，淮南解兵交。

杨子有直气，未忍死草茅。

引之入汉朝，谁为续弦胶。

注释

[1] 平津：指平津侯公孙弘，字季，一字次卿。

[2] 伙（cì）飞：即伙非，春秋时的楚国勇士。

[3] 汲黯：西汉名臣，字长孺。

◎猪

猪是"六畜"之一，杂食类动物，四肢短小，身体肥胖，适应能力强。猪的历史可以追溯到四千万年前，在已发现的化石中证明有野猪一样的动物存在。野猪最先在中国被驯化，养猪的历史可以追溯到新石器时代早、中期。家猪是野猪被驯化后形成的亚种，獠牙比野猪短。亚种主要包括欧洲中部野猪、东南亚野猪和印度野猪。野猪的上獠牙短，向外翻转，露在嘴外，下獠牙会不停地生长。野猪还会用上獠牙打磨下獠牙，下獠牙就会变得越来越尖锐和锋利。

猪是杂食性动物。家猪以谷物为主食，也吃植物、水果等，野猪除了吃植物，还吃昆虫的幼虫、青蛙和老鼠等。猪进食时喜欢用鼻子拱，这是由它们天生爱拱土的特性决定的。

关于猪，人们通常认为它很邋遢。但事实上，猪是很爱干净的动物。它们有固定的排泄地点，会保持睡觉的地方干燥。它们常常在泥土里打滚，看上去很脏，但这是它们的生理特征决定的。猪不出汗，只能采取这样的方式来降温。

猪的视力不好，甚至看不到1.5米以外的东西，且它们看到的东西都是黑白的。但猪的嗅觉非常灵敏，训练后可用来搜查毒品，有不少国家在海关、机场用猪来搜查违禁品。另外，猪的智商很高，科学研究发现，猪的智商在动物中仅次于黑猩猩。

猪还有很多名字，在我国古代被称为豕，也被称为彘、豨。汉武帝刘彻的小名就叫刘彘。

逢雪宿芙蓉山 [1] 主人

〔唐〕刘长卿

日暮苍山远，天寒白屋 [2] 贫。
柴门闻犬吠，风雪夜归人。

注释

[1] 芙蓉山：各地用芙蓉为山命名者较多，诗中指江苏常熟境内的芙蓉山。

[2] 白屋：用白茅草作屋顶的房子，指贫苦之家所居之屋。

访戴天山道士不遇

〔唐〕李白

犬吠水声中，桃花带露浓 [1]。
树深时见鹿，溪午不闻钟。
野竹分青霭 [2]，飞泉挂碧峰。
无人知所去，愁倚两三松。

注释

[1] 带露浓：挂满露珠。
[2] 青霭：云气。

◎狗

狗，亦称犬，分布于世界各地，为"六畜"之一，由狼驯化而来。狗的种类很多，有拉布拉多犬、爱斯基摩犬、哈士奇、牧羊犬、萨摩耶犬等。狗是肉食动物，也吃素食，爱啃骨头。

狗与人类关系密切，是人类忠实的朋友。它是人类捕猎时的好帮手。《史记》有"狡兔死，走狗烹"的记载，说明狗在打猎时可帮助追赶兔子。狗还有一个重要作用就是看家护院。不过，现在很多狗已是作为宠物而存在了。

狗的牙齿锋利，嗅觉和听觉灵敏，即使眼睛瞎了，依然可以正常生活。狗经过训练，可以成为导盲犬、搜救犬、警犬等。狗的听力是人类的十六倍，但视力只有人的四分之三，且它对有些颜色无法分辨。对狗来说，红色是暗色，绿色就是白色。狗身体的汗腺不发达，无法通过出汗调节体温。因此，一旦热了，狗就会伸出舌头，通过唾液蒸发来散发热量。

在中国传统文化中，狗与人的关系也很融洽。狗的叫声与"旺"谐音，被认为能给人带来好运。狗对主人非常忠诚，民间有义犬救主的故事。

素描—犬

犬吠水声中，桃花带露浓。
树深时见鹿，溪午不闻钟。
——〔唐〕李白

乞猫

〔宋〕黄庭坚

秋来鼠辈欺猫死，窥瓮翻盘搅夜眠。
闻道狸奴 [1] 将 [2] 数子，买鱼穿柳聘衔蝉 [3]。

注释

[1] 狸奴：猫的别称。
[2] 将：携带，哺养。
[3] 衔蝉：猫的别称。据明代王志坚《表异录》记载："后唐琼花公主有二猫，一白而口衔花朵，一乌而白尾，主呼为'衔蝉奴''昆仑妲己'。"

猫儿

〔宋〕林逋

纤^[1]钩时得小溪鱼，饱卧花阴兴有余。
自是鼠嫌贫不到，莫惭^[2]尸素^[3]在吾庐。

注释

[1] 纤：细，小。
[2] 惭：羞愧。
[3] 尸素：空占着职位，不做事而白拿俸禄。

◎猫

　　猫分为家猫和野猫，据推测，家猫的祖先起源于古埃及的沙漠猫。猫的身体像狸，外貌像虎，行动敏捷，善跳跃，是老鼠的天敌。

　　猫之所以喜欢吃老鼠和鱼，是因为老鼠和鱼含有牛磺酸，猫为了在夜间能看清事物，就需要大量的牛磺酸。猫吃老鼠是身体需要而非神话故事所讲的因朋友反目。

　　猫的平衡能力非常好，主要靠尾巴调整平衡。因此，尾巴对猫来说非常重要。猫的尾巴一旦折断，其平衡能力就会受到破坏，也容易引起腹泻，会影响猫的寿命。

　　猫的脚底有肉垫，走路时会悄无声息，这样捕捉老鼠时不会把它吓跑。猫有锋利的指甲，且指甲可以随着爪子缩进和伸出，平时基本缩进去，攀爬和捕捉老鼠的时候伸出来。猫的前脚有五指，后脚有四指。

　　猫非常爱干净，经常梳理自己的毛。每次吃完东西，猫都会用舌头舔爪子，再用爪子"洗脸"。猫在大便之后通常会把粪便埋起来。

　　猫白天大部分时间都在睡觉，晚上出来活动，因此，一天中大概有十七八个小时都在睡觉。不过只有四五个小时是真睡，其余时间的睡眠很"浅"，稍有声响，它就会转动耳朵，如果有人或其他东西靠近，就会很警惕。

　　猫的品种很多，有狸花猫、波斯猫、缅甸猫、暹罗猫、孟加拉猫、俄罗斯蓝猫、斯芬克斯猫等。其中狸花猫的原产地是中国，属于自然猫，是经过自然淘汰保留下来的品种。狸花猫性格独立，爱好运动，非常自信，

◎猫	对主人很忠心。历史上还有"狸猫换太子"的故事。暹罗猫源于泰国，有着深蓝色的眼睛，非常漂亮，据说是世界上最古老的猫种。暹罗猫很聪明，机智灵活，善解人意，喜欢与人为伴，与主人的感情深厚。如果强制把暹罗猫与主人分开，它有可能会抑郁而死。暹罗猫能够学会翻筋斗、叼回扔出去的东西等，所以暹罗猫还获得了"猫中之狗"的称号。

清平乐·独宿博山王氏庵

〔宋〕辛弃疾

绕床饥鼠，蝙蝠翻灯舞[1]。屋上松风吹急雨，破纸窗间自语。

平生塞北[2]江南，归来[3]华发苍颜。布被秋宵梦觉，眼前万里江山。

注释

[1] 翻灯舞：绕着灯飞。

[2] 塞北：泛指中原地区。

[3] 归来：指淳熙八年（1181），辛弃疾被弹劾后削职归隐。

归来

〔唐〕杜甫

客里有所过，归来知路难。
开门野鼠走，散帙^[1]壁鱼^[2]干。
洗杓开新酝，低头拭小盘。
凭谁给曲蘖^[3]，细酌老江干^[4]。

注释

[1] 散帙：打开书本。
[2] 壁鱼：长在衣服和书籍里的蠹虫。
[3] 曲蘖（niè）：酒曲。
[4] 江干：江边。

○鼠

　　鼠，通常被叫作老鼠，也叫耗子，属于啮齿哺乳动物，已有上亿年的历史。"鼠"字的上半部表示鼠的身子，下半部表示鼠的四条腿和尾巴。也有说"鼠"字头顶一个"臼"，是"屡遭打击，总是击而不破，打而不尽"的意思。鼠分布在世界各地，有仓鼠、田鼠、家鼠等。由于家鼠与人类关系密切，经常啃坏东西，偷吃粮食，还传播疾病，因此"荣获"了"过街老鼠，人人喊打"的恶名。

　　鼠的种类很多，有开普刺鼠、北澳窜鼠、澳洲水鼠、西方鼠亚科、马岛鼠亚科、仓鼠亚科、冠鼠亚科、沙鼠科、瞎鼠科、大头速掘鼠、林跳鼠科、睡鼠总科、大笔尾睡鼠等。鼠可以适应多种生活方式，可生活在树上，地上，地下，还有半水栖，但大部分喜欢在夜间活动。如大笔尾睡鼠分布在哈萨克斯坦东南部的荒漠地区，喜欢在沙漠挖洞居住，基本上在夜间活动。瞎鼠科也称鼹型鼠科，完全适应地下穴居生活，且眼睛已经完全退化，没有外耳，尾巴消失。瞎鼠的头很大，门齿发达，在挖洞时主要使用头和门齿。澳洲水鼠属半水栖鼠类，体形较大，有的重达一公斤，以鱼和其他水生动物为食。

　　老鼠的牙齿有十六颗，上下各有两颗门牙。它的门齿很特别，可以不停地生长，而且生长速度非常快。为了抑制牙齿生长，老鼠需要经常啃咬硬物。有的老鼠在年老后没有力气啃咬东西，门牙会越长越长，后期连嘴巴都合不上了。

　　虽然老鼠不受欢迎，但研究发现，除了脸部、足部、

◎鼠	尾巴，老鼠和人类的骨骼结构基本相同。英、美科学家还研究出老鼠的基因链长度和人类也差不多，老鼠有 25 亿对核苷酸，人类有 29 亿对核苷酸，人类基因的 80% 与老鼠完全相同，99% 与老鼠相似，而且在病理上，老鼠与人类的骨细胞也有很多共同之处。因此有"老鼠比猴子更像人"的说法，这也是科学家多利用老鼠做实验的原因。

赋得鸡

〔唐〕李商隐

稻粱犹足活诸雏 [1]，妒敌专场 [2] 好自娱。

可要五更惊稳梦，不辞风雪为阳乌 [3]？

注释

[1] 雏：小鸡。

[2] 妒敌专场：斗鸡彼此敌视，都想斗败对方，独占全场。

[3] 阳乌：传说太阳中有三足乌，诗中指皇帝。

归园田居

〔东晋〕陶渊明

少无适俗韵 [1]，性本爱丘山。
误落尘网 [2] 中，一去三十年。
羁鸟恋旧林，池鱼思故渊。
开荒南野际，守拙 [3] 归园田。
方宅十余亩，草屋八九间。
榆柳荫后园，桃李罗堂前。
暧暧远人村，依依墟里烟。
狗吠深巷中，鸡鸣桑树巅。
户庭无尘杂，虚室有余闲。
久在樊笼 [4] 里，复得返自然。

注释

[1] 韵：性情。
[2] 尘网：尘世，这里指仕途。
[3] 守拙：坚守节操，不随波逐流。
[4] 樊笼：鸟笼，比喻官场生活。

鸡

〔唐〕崔道融

买得晨鸡共鸡语^[1]，常时不用等闲^[2]鸣。
深山月黑风雨夜，欲近晓天^[3]啼一声。

注释

[1] 共鸡语：对鸡说。
[2] 等闲：随便，轻易。
[3] 晓天：破晓，天快亮的时候。

鸡

〔唐〕崔道融

买得晨鸡共鸡语[1]，常时不用等闲[2]鸣。
深山月黑风雨夜，欲近晓天[3]啼一声。

注释

[1] 共鸡语：对鸡说。
[2] 等闲：随便，轻易。
[3] 晓天：破晓，天快亮的时候。

◎鸡

鸡作为一种家禽是由野生的原鸡驯化而来的，驯化历史至少有四千年，驯化后的鸡翅膀退化，已不能高飞，不过奔跑起来速度还是很快的，可以达到十几千米每小时，相当于骑自行车的速度。鸡的品种很多，全世界的鸡大约有二百五十多种，常见的有火鸡、乌鸡、野鸡等。

鸡的主要特征是嘴短，上嘴稍弯曲，头部有红色的肉冠。鸡有三个眼睑，且眨眼是从下往上翻，和人类是相反的。鸡到傍晚的时候视力不好，但鸡并不是色盲，对颜色很敏感。鸡的体温高于人类，正常体温为41℃，心跳频率也比人类高得多。鸡体内的水分含量非常高，通常在80%左右。

在没有闹钟等计时器的时代，公鸡打鸣为人类报晓，成为送走黑暗，迎来光明的吉祥的化身。实际上，公鸡打鸣只是一种"主权宣告"，提醒群体中其他鸡自己的地位至高无上。公鸡在白天也会打鸣，差不多一小时就会打鸣一次。天刚破晓时，公鸡打鸣是因为鸡的大脑里有个"松果体"，松果体可分泌褪黑素，如有光线照射眼睛，便会抑制褪黑素的分泌，公鸡就会不由自主地打鸣。

鸡在中国的文化中具有重要的地位。鸡与"吉"谐音，象征吉祥，至今还有过年吃鸡的习俗。公鸡每天天亮时会报晓，且不会出错，古人认为其"守夜不失时"，是守信的象征。另外，鸡还象征着勤奋等。当然，鸡在中国古代文化中也有不好的一面，如"鸡鸣狗盗""一人得道，鸡犬升天"等。

题画睡鸭

〔宋〕黄庭坚

山鸡照影[1]空自爱，孤鸾舞镜不作双。
天下真成长会合，两凫[2]相倚睡秋江。

注释

[1] 山鸡照影：山鸡喜爱自己的羽毛，常照水而舞。
[2] 凫：野鸭。

鹧鸪天·戏题村舍

〔宋〕辛弃疾

　　鸡鸭成群晚不收。桑麻长过屋山头[1]。有何不可吾方羡，要底[2]都无饱便休[3]。

　　新柳树，旧沙洲。去年溪打[4]那边流。自言此地生儿女，不嫁金家即聘周。

注释

[1] 屋山头：屋子两端最高处，指屋脊。
[2] 要底：想要的。
[3] 饱便休：一饱便满足了，别无他求。
[4] 打：从。

◎鸭

鸭子是雁形目、鸭科鸭属动物，由野生绿头鸭和斑嘴鸭驯化而来。现在的鸭子主要分为野鸭和家鸭两种。野鸭体形相对小一些，脖子短，常年生活在水面，潜水能力好，以小鱼、小虾等为食。家鸭体形相对大一些，生活在水中和陆地，以鱼、虾、植物、稻谷为食。

而根据其特有的行为，鸭子又可以分为钻水鸭、潜水鸭、栖鸭三类。其中绿头鸭是典型的钻水鸭，是大部分家鸭的祖先。绿头鸭原为迁徙动物，被驯化后，就失去了迁徙的特性。潜水鸭俗称港湾鸭或海鸭，潜入水底获取食物。潜水鸭种类最多，主要有帆布背潜鸭、美洲潜鸭、拾贝潜鸭、秋沙鸭等。栖鸭主要栖息于潮湿林地，在树洞内做巢，借助长爪的趾栖息于树枝上，如莫斯科鸭是最喜欢树栖的鸭。

鸭子之所以可以浮在水面上是因为其尾部有分泌油脂的腺体，即尾脂腺，胸部可以分泌一种含有脂肪成分的粉状角质薄片。鸭子经常用嘴啄尾脂腺分泌的脂肪和胸部分泌的粉状角质薄片，涂擦在羽毛上，这样鸭子的羽毛便不会沾水，故能漂浮在水面上。因为鸭子身上的脂肪较多，散热性差，所以鸭子不怕冷，非常怕热。

鸭子的眼睛有360度的视域，所以它不用转头也可以看到四周的景象。

鸭子走路总是一摇一摆，这和鸭子的身体结构有关。为了能在水中游得更快，鸭子的腿长在身体中间偏后的位置。因此，在陆地上，为了能够站稳，就需要把身体后仰，而且行走时需要费劲地把小短腿高高

◎鸭	抬起，这样看起来就显得摇摇晃晃。 　　我国古代文人对鸭子很是偏爱，创作了不少与鸭子有关的诗词和画作。诗词有苏轼的"抚掌动邻里，绕村捉鹅鸭"，杜甫的"花鸭无泥滓，阶前每缓行"，戴复古的"乳鸭池塘水浅深，熟梅天气半晴阴"，还有著名的"竹外桃花三两枝，春江水暖鸭先知"等。画作有《溪芦野鸭图》《双凫图》等。

花下睡鹅图

〔明〕沈周

磊落东阳 [1] 笔下姿，风流崔白 [2] 未成诗。
鹅群本是王家帖 [3]，传过羲之又献之。

注释

[1] 东阳：郡名，沈约曾任东阳太守，人称"沈东阳"，诗人在诗中用以自称。
[2] 崔白：宋代画家，字子西，擅画花竹、翎毛，长于写生，所画鹅、蝉、雀堪称三绝。
[3] 王家帖：王羲之爱鹅，从鹅的行走、游泳的姿态中领悟书法运笔的奥秘，因此，鹅就成为其活的字帖。

题鹅

〔唐〕李商隐

眠沙卧水自成群，曲岸残阳极浦云。
那解将心怜孔翠^[1]，羁雌^[2]长共故雄^[3]分。

注释

[1] 孔翠：孔雀。
[2] 羁雌：孤独的雌孔雀。
[3] 故雄：往日的伙伴雄孔雀。鲁陶婴《黄鹄歌》："夜半悲鸣兮，想
其故雄。"

◎鹅

鹅是鸟纲雁形目鸭科动物的一种，由野生的鸿雁或灰雁驯化而来。其中，中国家鹅来自鸿雁，欧洲家鹅来自灰雁。家鹅的主要品种有狮头鹅、太湖鹅等。

鹅的喙扁阔，前额有肉瘤，脖子很长，身体宽壮，脚大有蹼。鹅是素食主义者，以水生植物、藻类、谷类等为食。

李时珍在《本草纲目》中对鹅的分布、形态、特点等都有介绍："江淮以南多畜之。有苍、白二色，及大而垂胡者。并绿眼黄喙红掌，善斗，其夜鸣应更。"鹅的听觉敏锐，警觉性强，具有很强的攻击性，其"善斗"表现在不管是见到陌生的人还是动物都会毫无畏惧地追上去。鹅的异体字有四个，"左我右鸟""右我左鸟""上我下鸟""下我上鸟"。可见，在古人眼里，鹅也是不好惹的，从这些异体字可以看出"我"不管往哪个方向跑，这只"鸟"都不放弃追赶。

鹅这么"善斗"，估计也就大书法家王羲之会对其爱得"如醉如痴"吧。据说不管哪里有好鹅，王羲之都会去看，甚至会买回来赏玩。他认为，养鹅不仅可以陶冶情操，还能从鹅的行走姿态、游泳姿势中体会出书法的奥妙。

诉衷情·月中玉兔日中鸦 [1]

〔宋〕朱敦儒

　　月中玉兔日中鸦，随我度年华。不管寒暄风雨，饱饭热煎茶。居士竹 [2]，故侯瓜 [3]，老生涯。自然天地，本分云山，到处为家。

注释

[1] 日中鸦：传说太阳中有三足乌，乌也称乌鸦。
[2] 居士竹：指隐居的贤者所种之竹。孟浩然有《晚春题远上人南亭》诗：
"林栖居士竹，池养右军鹅。炎月北窗下，清风期再过。"
[3] 故侯瓜：东陵瓜。秦故东陵侯召平善种瓜，秦亡后，以种瓜为生。
王维有《老将行》诗："路旁时卖故侯瓜，门前学种先生柳。"

邯郸少年行

〔唐〕王昌龄

秋风鸣桑条，草白狐兔骄。
邯郸饮来酒未消，城北原平掣^[1]皂雕^[2]。
射杀空营两腾虎，回身却月^[3]佩弓弰^[4]。

注释

[1] 掣：射杀。
[2] 皂雕：一种黑色的雕。
[3] 却月：半圆之月。
[4] 弰（shāo）：弓的两端末梢。

◎兔

兔子是哺乳类、食草性动物，分布广泛，亚洲、非洲、北美洲种类最多，少数种类分布在欧洲和南美洲。兔子的种类很多，有中国白兔、雪兔、东非兔、羚羊兔、水兔等。从毛色分，主要有白色、黑色、灰色、灰白色、灰褐色、黄灰色等。

兔子是典型的三瓣嘴，上唇中间分裂。大部分兔子有着长耳朵、短尾巴，但是有一种鼠兔，耳朵是圆的。鼠兔是世界上最小的兔，身体短而圆，只有十几厘米长。兔子的前腿短，后腿长，因此，善于跑、跳。不过兔子的胆子很小，容易受到惊吓。

兔子的眼睛并不都是红色，也有蓝色、黑色、灰色等。它的眼睛本来是透明的，只是当阳光照射到眼睛中的红色毛细血管时，看起来便成了红色。兔子的单眼视角可达180度，且眼睛可以大量聚光，即使在昏暗的地方也能看到东西。但它不能分辨立体的东西，所以对眼前的东西虽能看到但看不清楚。

兔子的耳朵主要有两个功能，一个功能是听，兔子的耳朵可以旋转270度，可以听到很远地方的动静，这也是它保护自己的方式。另一个功能是散热，因为兔子耐寒怕热。此外，它的耳朵还很"娇弱"，大多是软骨，且神经、血管丰富。因此，抓兔子的时候，尽量不要抓它的耳朵，容易使耳根受伤。

兔子在我国文化中有着丰富的含义，有守株待兔、兔死狐悲、狡兔三窟等成语故事。

射生户 [1]

〔宋〕欧阳修

射生户，前日献一豹，今日献一狼，豹因伤我牛，狼因食我羊。
狼豹诚为害人物，县官赏之缣 [2] 五匹。
射生户，持缣归，为人除害固可赏，贪功趋利尔勿为。
弦弓毒矢无妄发，恐尔不识麒麟 [3] 儿。

注释

[1] 射生户：猎户。
[2] 缣：细绢，唐宋时可代货币。
[3] 麒麟：传说中的瑞兽，集狮头、鹿角、虎眼、麋身、龙鳞、牛尾于一体，
雄为麒，雌为麟。

国风·豳风·狼跋[1]

〔先秦〕《诗经》

狼跋其胡[2]，载[3]疐[4]其尾。
公孙硕肤[5]，赤舄[6]几几[7]。
狼疐其尾，载跋其胡。
公孙硕肤，德音[8]不瑕。

注释

[1] 跋：踩、踏。
[2] 胡：狼颈项下的垂肉。
[3] 载（zài）：再，又。
[4] 疐（zhì）：同"踬"，跌倒。
[5] 硕肤：肥胖，大腹便便。
[6] 赤舄（xì）：古代王侯、贵族所穿的红鞋。
[7] 几几：鲜明，指鞋饰华丽。
[8] 德音：好名声。

◎狼

狼是犬科犬属下的一种动物，又名野狼、豺狼、灰狼。从亚种分类上说，狼主要分为十六种现存的亚种和两种近代灭绝的亚种，如苔原狼、阿拉伯狼、北极狼、墨西哥狼、红狼等。

狼的外形与狗、豺相似，主要生活在森林、沙漠、山地、草原等，多在夜间活动，听觉和嗅觉发达，多疑，善于奔跑，耐力好，在追捕猎物时它们会采取群力合作的方式。

狼是群体性动物，狼群有着极为严格的等级制度。狼群中只有一对狼享有最高地位，即"狼王"和"王后"。一群狼的数量通常在七匹左右，也有部分狼群数量较多。狼群有领域性，狼群之间的领域范围不重叠，以嗥叫的方式宣告范围。人们通常认为狼喜欢在夜里对着月亮嗥叫，实际上，这是为了向其他狼群传递信息，发出警告。单独生活的狼一般不会嗥叫，因为嗥叫可能会引来其他狼群的攻击。

由于狼的适应能力很强，各地不同的气候环境导致狼在体型上也有很大的区别。通常生活在沙漠和半沙漠地区的狼体形最小，生活在森林中的狼体形中等，生活在北极地区的狼体形最大。

狼通常被认为是一种凶残的动物，因此，在我国传统文化中，狼基本上是贪婪、残暴等不好的形象。如狼子野心、狼心狗肺、狼狈为奸等。

狼烟是指在烽火台上点燃的用作警报的信号，并非用狼粪烧出来的烟。古代匈奴的首领自称狼，因此，烽火台上的信号就是在传达"狼来了"。

永遇乐·京口北固亭怀古

〔宋〕辛弃疾

　　千古江山，英雄无觅，孙仲谋[1]处。舞榭歌台，风流总被，雨打风吹去。斜阳草树，寻常巷陌，人道寄奴[2]曾住。想当年，金戈铁马，气吞万里如虎。

　　元嘉草草[3]，封狼居胥[4]，赢得仓皇北顾。四十三年，望中犹记，烽火扬州路。可堪回首，佛狸[5]祠下，一片神鸦社鼓。凭谁问，廉颇老矣，尚能饭否？

注释

[1] 孙仲谋：孙权。
[2] 寄奴：南朝宋武帝刘裕小名。刘裕，字德舆，小名寄奴。
[3] 草草：轻率。
[4] 封狼居胥：公元前 119 年，霍去病远征匈奴，歼敌七万余，在狼居胥山积土为坛，祭天以告成功。词中用来比喻建立显赫的功绩。
[5] 佛狸：北魏太武帝拓跋焘的小名。

江城子·密州出猎

〔宋〕苏轼

　　老夫聊发少年狂[1]，左牵黄，右擎苍。锦帽貂裘，千骑卷平冈。为报倾[2]城随太守，亲射虎，看孙郎。

　　酒酣胸胆尚开张[3]，鬓微霜，又何妨。持节云中，何日遣冯唐？会挽雕弓如满月，西北望，射天狼[4]。

注释

[1] 狂：豪情。

[2] 倾：全部。

[3] 酒酣胸胆尚开张：开怀畅饮，胸怀开阔，胆气横生。

[4] 天狼：天狼星，词中隐指西北强敌。

◎虎

虎是大型猫科动物，喜欢单独活动，主要生活在山林中。通常认为虎在两百万年前起源于东亚，后来演化为九个亚种：华南虎、西伯利亚虎、孟加拉虎、印支虎、马来虎、苏门答腊虎、巴厘虎、爪哇虎和里海虎。现代虎的祖先是一种被称作"中华古猫"的小型食肉动物。

虎的体形高大，毛色从黄色到红色渐变，中间有黑色条纹，前额的黑色条纹很像汉字的"王"字，因此被誉为"森林之王"或"百兽之王"。虎虽然没有固定的巢穴，但有强烈的领地意识，通常会将尿液留在树干或灌木丛中，有时也会用爪子在树干上抓出痕迹，以此来界定自己的势力范围。

虎是昼伏夜出的动物，白天通常在洞穴或密林深处打盹，傍晚才出来捕猎。虎捕食时凶猛异常且果断迅速，但不善于追逐，通常捕食大型哺乳动物，如野鹿、野羊、野牛等，有时也捕捉小动物。虎的消化系统中只有消化肉类的脂肪酶和蛋白酶，缺乏消化植物的淀粉酶，所以虎在长期的进化中，就形成了食肉的习性。

虎曾经在亚洲各地广泛分布，数量也很多。后来，由于遭到大量的捕杀，数量急剧下降。好在近年来，人们已经开始重视野生虎的保护。

虎在中国文化中占有重要一席。由于虎的形象总是威风凛凛的，所以人们对它十分崇拜，甚至用它的形象做成兵符，即虎符。虎在诗歌、绘画、戏曲、雕塑中被广泛应用，虎也被当作权力和力量的象征。

雨中赠仙人山贾山人 [1]

〔唐〕柳宗元

寒江夜雨声潺潺，晓云遮尽仙人山。
遥知玄豹 [2] 在深处，下笑羁绊 [3] 泥涂 [4] 间。

注释

[1] 贾山人：指贾鹏。
[2] 玄豹：黑豹。
[3] 羁绊：指捉豹用的绳索。
[4] 泥涂：泥泞。

戏寄崔评事表侄苏五表弟韦大少府诸侄

〔唐〕杜甫

隐豹 [1] 深愁雨 [2]，潜龙故起云。
泥多仍径曲，心醉 [3] 阻贤群。
忍待江山丽，还披 [4] 鲍谢 [5] 文。
高楼忆疏豁 [6]，秋兴坐 [7] 氛氲。

注释

[1] 隐豹：隐藏的豹。
[2] 深愁雨：为秋雨深深发愁。
[3] 心醉：指仰慕。
[4] 披：批阅。
[5] 鲍谢：指鲍照、谢灵运。
[6] 疏豁：开阔，敞亮。
[7] 坐：徒然。

◎豹

豹，大型猫科动物，听觉和嗅觉很好，性情机敏，身材矫健，奔跑速度快，时速可达 80 千米。豹的适应性强，可在森林、灌木丛、热带雨林、山地、平原、丘陵、湿地、干旱地甚至荒漠地区生存。豹单独活动，昼伏夜出，平时没有固定的巢穴，常在树上休息。

豹的种类较多，不同种类的豹有不同的特点。猎豹的速度非常快，全速奔跑时时速可达 104 千米，且能够在 2 秒内将自己的速度由静止提到 72 千米每小时，是普通汽车起步速度的 4 倍，因此，猎豹被称为"短跑冠军"。金钱豹的花纹特别漂亮，因像古代的铜钱而得名。云豹的身上有像云朵一样的黑斑，因而得名。云豹的爬树本领高强，在树上甚至比在地上还灵活。不过云豹有个奇怪的特点，就是在生小豹时，要保证绝对的隐蔽，不能有任何的风吹草动，否则就会把小豹吃掉，或者丢弃不管。美洲豹也叫"美洲虎"，是印第安人的神兽。美洲豹的肌肉比狮子和老虎还要结实，力量更是大得惊人，一巴掌可以将猎物的头骨拍碎。

豹也有自己的领域，在领域内不允许同性的豹共栖，但可以允许其他猛兽共存。豹在自己的领域内捕食，多以山羊、鹿、野猪、野兔、猴类等为主要食物，有时也吃鱼、鸟类，秋季也吃甜味浆果。豹虽性情凶残，但很少主动攻击人类。

雪

〔宋〕陆游

平郊漫漫觉天低，况复寒云结惨凄。
老子方惊飞蛱蝶[1]，群儿已说聚狻猊[2]。
中宵鸢堕频摧木，彻旦鸡喑重压栖。
只待新晴梅坞去，青鞋未怯踏春泥。

注释

[1] 蛱蝶：蝴蝶。
[2] 狻猊（suān ní）：指狮子。

狮子

〔明〕陈诚

曾闻此兽群毛长，今见其形世不常。
皎皎双瞳秋水碧，微微一色淡金黄。
威风稍震惊犀象，牙爪轻翻怯[1]虎狼。
自古按图收远物，不妨维絷进吾皇。

注释

[1] 怯：使害怕。

◎狮子

　　狮子是一种生活在非洲和亚洲的大型猫科动物，在中国古代被称为狻猊。狮子体型形较大，视觉、听觉、嗅觉都很发达，是顶级猫科食肉动物，有着"草原之王"的称号。雄狮有很长的鬃毛，而雌狮没有。

　　在所有的生态环境中，狮子比较喜欢草原，主要栖息于热带稀树草原和草地，也会出现在灌木、旱林、半沙漠环境中。

　　狮子是一种群居动物，一般一个狮群有二十至三十个成员，它们有自己的领地，成年雄狮负责保卫整个领地。狮子一般采取合作的方式进行捕猎，而雌狮是主要的狩猎者。尽管狮子在奔跑时最高时速可达六十多千米，但它们缺乏耐力，只能冲刺一段路程就筋疲力尽。狮子生性慵懒，一天中有二十个小时左右都在睡觉或者休息。不过狮子的力气非常大，可以一口咬断角马的咽喉，甚至一巴掌拍断斑马的脖子。狮子的捕食对象较广，有非洲水牛、长颈鹿、羚羊、斑马等。它的食量也很惊人，一顿可以吃下相当于自己体重的五分之一的食物。

　　狮子在中国古代文化中具有一定的神秘性，有吉祥、辟邪的意义，如门前的石狮，节日时的舞狮等。

晚晴

〔唐〕杜甫

返照^[1]斜初彻^[2]，浮云薄未归。
江虹明远饮^[3]，峡雨落余飞。
凫雁^[4]终高去，熊罴^[5]觉自肥。
秋分客^[6]尚在，竹露夕微微。

注释

[1] 返照：斜阳。
[2] 彻：遍。
[3] 江虹明远饮：远处的彩虹垂到江上，仿佛在饮水。
[4] 凫雁：泛指野鸟。
[5] 熊罴：泛指猛兽。
[6] 客：指作者。

次韵酬宋妃六首·其五

〔宋〕王安石

无能私愿只求田，财物安能学计然^[1]？
凿井未成歌击壤，射熊犹得梦钧天。
遥思故国归来日，留滞新恩已去年。
携手与君游最乐，春风陂上水溅溅^[2]。

注释

[1] 计然：范蠡之师。《史记》："昔者越王勾践困于会稽之上，乃用范蠡、
计然。"徐广曰："计然者，范蠡之师也，名研。"
[2] 溅溅：流水声。

◎熊

　　熊是大型杂食动物，身体笨重，四肢粗短，平时性情温和，但受到威胁或遇到危险时，容易暴怒，且战斗力较强。熊基本分布在北半球，南半球除了南美洲北部，其他地区还未发现熊的踪迹。

　　熊可以分为四属八种：其中棕熊喜欢独处，生活在森林里，会爬树和游泳，食物很杂，有冬眠的习性；马来熊主要分布在马来半岛、苏门答腊岛等东南亚的森林地区，这一地区的熊体形较小，体毛较短，通常在树上做窝，白天睡觉，夜晚活动；北极熊生活在北极圈之内，是体形最大的种类，由于性情凶猛，被称为北极圈之王；黑熊可以分为美洲黑熊和亚洲黑熊，美洲黑熊善于爬树，亚洲黑熊主要分布在喜马拉雅山至日本的广大亚洲地区，在我国也被称为狗熊。

　　熊的前足腕垫发达，与掌垫相连，后肢可以支撑一段时间的直立行走。熊的嗅觉十分灵敏，但视觉和听觉较差，近在眼前三尺的物体都看不清楚，因此，人们也称它为"熊瞎子"。一般生活在寒冷地区的熊会冬眠，生活在亚热带和热带地区的熊往往不需要冬眠。由于身体笨重，熊的速度一般较慢，但追赶猎物时，它也会跑得很快，其中速度最快的当属灰熊。

　　熊是杂食性动物，且食量很大，以植物为主，也吃鱼、虾、蟹、鸟等。此外，还会挖掘蚁窝和蜂巢，吃蚂蚁和蜂蜜。马来熊的舌头很长，舔食蜂蜜时很容易。食物稀少的时候，熊还会攻击体型较大的动物，如羊、鹿、虎、豹等，熊的力气很大，能够一巴掌拍死一头鹿。

　　熊在中国文化中通常是力量和勇气的象征，如大禹可化身为熊。在上古时代，很多部落将熊的形象作为图腾，希望给自己的部落族群带来力量和勇气。如黄帝就以熊为图腾，还自称熊之子。

蛮家

〔唐〕项斯

领得卖珠钱，还归铜柱[1]边。

看儿调[2]小象，打鼓试新船。

醉后眠神树，耕时语瘴烟。

不逢寒[3]便老，相问莫知年。

注释

[1] 铜柱：汉朝马援南征交趾，立铜柱作为汉朝最南的边界。

[2] 调：训。

[3] 寒：指晚年。

◎象

　　象是陆地上体形最大的哺乳动物，以树叶、野果、野草、嫩竹、树皮等为食，有非洲象和亚洲象两种。非洲象分布在非洲的中部、东部和南部，雌象和雄象都有长獠牙。亚洲象也叫印度象，分布在印度、斯里兰卡、印度尼西亚等地，雄象有长獠牙，雌象的牙很短或者没有。

　　象的典型特征是有长长的鼻子，而且非常灵活，可用来自卫、取食、取水。象有灰、白两种颜色，以灰色居多。象的头不能俯地，颈不能旋转，嗅觉和听觉灵敏，视力较差。象是一种群居动物，喜欢生活在森林和草原地带。象虽然看起来笨重，却是游泳健将，可以从容渡过又宽又深的河。一个家族中，年长的母象是首领。象非常具有母爱，不管遇到多强大的敌人，母象都不会丢弃小象独自逃命。

　　象的寿命非常长，一般在六十年以上。但由于象牙是名贵的雕刻材料，价格昂贵，大象被大肆捕杀，许多象幼年时便被猎杀，这也使得象的数量急剧下降。

素描——大象

领得卖珠钱，还归铜柱边。

看儿调小象，打鼓试新船。

——〔唐〕项斯

述园鹿

〔唐〕韦应物

野性本难畜，玩习亦逾年。

麑 [1] 班始力直 [2]，麚 [3] 角已苍然。

仰首嚼园柳，俯身饮清泉。

见人若闲暇，蹶起忽低骞 [4]。

兹兽有高貌，凡类宁比肩。

不得游山泽，跼促诚可怜。

注释

[1] 麑（ní）：幼鹿。

[2] 力直：能够站起来。

[3] 麚（jiā）：雄鹿。

[4] 骞：飞。

盐池院观鹿

〔唐〕贾岛

条峰^[1]五老^[2]势相连，此鹿来从若个边。
别有野麋^[3]人不见，一生长饮白云泉。

注释

[1] 条峰：指中条山。

[2] 五老：指五老山。

[3] 麋：鹿的一种，俗称四不像。

◎鹿

鹿是一种反刍类哺乳动物，分布范围较广，多栖息于苔原、林区、荒漠、灌丛、沼泽地区，种类较多，主要有麝、麂、梅花鹿、马鹿、驯鹿、驼鹿、黑鹿、白唇鹿、麋鹿等。驯鹿是鹿科中唯一被驯化的家畜。麋鹿在我国古代也被称为"四不像"。狩鹿是古代射猎的一项重要内容，狩的便是麋鹿。

鹿的四肢细长，善于奔跑，通常雄鹿有角，只有个别种类的雌鹿有角，大部分雌鹿无角。鹿角有再生功能，每年都会脱落，随后会长出新的。初长出的角叫茸，外面包裹着皮肤，有毛，还有血管供血，随着角的长大，供血逐渐减少，外皮干枯脱落，角的分叉会逐年增多。

鹿是典型的食草性动物，有四个胃室，无胆囊，喜欢吃草、树皮、嫩枝、幼苗等。鹿性情温和，喜群居。

在我国古代文化中，鹿象征着吉祥、长寿、权力等，如群雄逐鹿、逐鹿中原中的"鹿"就是权力的象征。

素描——麋鹿

条峰五老势相连，此鹿来从若个边。
别有野麋人不见，一生长饮白云泉。

————〔唐〕贾岛

入黄溪闻猿

〔唐〕柳宗元

溪路千里曲，哀猿何处鸣？
孤臣[1]泪已尽，虚作断肠[2]声。

注释

[1] 孤臣：孤立无援或不受重用之臣。
[2] 断肠：据《世说新语》记载，晋朝名将桓温入蜀，途径三峡，队伍中有人捉到一只幼猿，其母沿岸哀号，行百余里不去，跳到船上，当即死去。人们剖开其腹，肠皆寸断。

早发白帝城

〔唐〕李白

朝辞白帝[1]彩云间，千里江陵一日还。
两岸猿声啼不住[2]，轻舟已过万重山。

注释

[1] 白帝：白帝城。
[2] 住：停息。

◎猿

　　猿是一种哺乳动物，早期猿类大约在两千五百万年前开始出现。猿是十三种大型的高智能灵长目动物的总称，包括黑猩猩、大猩猩、猩猩、长臂猿等。猿的手比腿长，外形像猴但比猴大，二者最主要的区别是猿没有尾巴，猴有尾巴。在我国，通常把猿与猴并称，有时把猴称为猿，有时把猿称为猴。在生物学上，它们是不同的动物，而且在与人的亲缘关系上，猴比猿要远得多。人类的祖先是猿，但不是所有的猿都是人类的直系祖先。

　　现代猿类有四种：长臂猿、褐猿、黑猿和大猿。长臂猿为小型猿，褐猿、黑猿、大猿为大型猿，大型猿由于似人也被称为"类人猿"，它们与人类最为接近。

　　猿生活在亚洲和非洲的热带森林中，如长臂猿广泛分布于中南半岛和马来西亚地区，在中国的西双版纳和海南岛热带雨林中也有分布，但数量非常少，褐猿主要分布在东南亚的加里曼丹和苏门答腊地区；黑猿则主要分布在非洲地区。

寓目

〔唐〕杜甫

一县葡萄熟，秋山苜蓿多。
关云常带雨，塞水不成河^[1]。
羌女轻烽燧^[2]，胡儿制^[3]骆驼。
自伤迟暮眼，丧乱饱经过。

注释

[1] 塞水不成河：塞外地势较高，水流没有阻隔，随意流淌，所以说"不成河"。
[2] 烽燧：古时边防的警报信号，白天放烟称为烽，夜晚举火称为燧。
[3] 制：牵引，拉。

蜀犼引

〔唐〕冯涓

昂藏^[1]大步蚕丛国，曲颈微伸高九尺。
卓女^[2]窥窗莫我知，严仙^[3]据案何曾识？

注释

[1] 昂藏：魁梧高大。
[2] 卓女：卓文君，西汉才女。
[3] 严仙：严君平，西汉思想家。

◎骆驼

　　骆驼是骆驼科骆驼属动物，可分为双峰驼和单峰驼。它能忍耐饥渴，在没有水的条件下可以生存三周，没有食物也能生存一个月，因此，便有了"沙漠之舟"的美誉。

　　骆驼可以说是为沙漠而生的。它的头小，脖子粗长，眼有双重睑且睫毛长又密，耳朵内长毛，这些特征可以阻挡沙子进入眼睛和耳朵。骆驼流眼泪，是为了冲洗眼中的沙子，并不是因难过而哭泣。它的四肢纤细，蹄子很大，足下有厚厚的肉垫，适合在沙漠行走。它的胃有三室，第一胃室有二十至三十个水脬，可以用来贮水，红细胞可以大幅膨胀吸水来贮水。它鼻孔内有很多细而弯曲的管道，平常这些管道很湿润，如果体内缺水，管道会停止分泌液体，并在管道表面结出一层硬皮，阻挡呼出的水分散失到体外。吸气时，这些水分又被送回体内，使得水分在体内不断循环利用。它的背部有驼峰，驼峰如同仓库，里面贮存着脂肪。当在沙漠长途跋涉没有食物的时候，这些脂肪可以分解为营养和水分。为了减少水分的消耗，骆驼一般不出汗，而且每分钟才呼吸十六次。

　　骆驼性情温顺，比较容易被驯化，目前，世界上的骆驼基本是被驯化的。生活在沙漠附近的人早在公元前三千年就开始驯养骆驼，主要用来驮运和乘骑。骆驼虽然不善于奔跑，但由于腿长，步幅大，耐力持久，在沙漠中行走，每天可行三十多千米。而且骆驼行走时，步态奇特，同侧的前后肢同时移动。

步出夏门行·龟虽寿

〔三国〕曹操

神龟虽寿，犹有竟时；
腾蛇 [1] 乘雾，终为土灰。
老骥伏枥 [2]，志在千里；
烈士暮年，壮心不已。
盈缩之期 [3]，不但在天；
养怡之福，可得永年。
幸甚至哉，歌以咏志。

注释

[1] 腾蛇：传说中的龙类动物，能腾云驾雾。
[2] 枥：马槽。
[3] 盈缩之期：生命的长短。

姑孰十咏·丹阳湖

〔唐〕李白

湖与元气[1]连，风波浩难止。
天外贾客归，云间片帆起。
龟游莲叶上，鸟宿芦花里。
少女棹轻舟[2]，歌声逐流水。

注释

[1] 元气：远处湖面烟波浩渺，与天上云气相连。
[2] 棹轻舟：划着小船。

◎龟

　　龟鳖目俗称龟，是现在最古老的爬行动物，甚至比恐龙出现的年代还要早，且在漫长的岁月中没有太多变化。龟有坚硬的外壳，受到攻击或遇到危险时会把头和四肢缩回壳内。根据头缩进壳内的方式可以将其分为两类，一种是曲颈龟，就是把颈部折叠，按照身体纵向把头缩进壳内；另一种是侧颈龟，就是把头隐藏在壳的侧面。不管是曲颈龟还是侧颈龟，都有八节颈椎骨。

　　龟鳖目现存有二百多种，分布于世界各地，有体长不超过八厘米的南非微型斑点龟，有体长超过两米的巨型龟，如棱皮龟。龟通常生活在陆地或水中，饮食多样。根据栖息环境和种类，龟可以分为肉食、草食、杂食三种。龟没有牙齿，主要利用上下颌外面的一层类似鸟喙的角质尖状突出把食物撕碎。

　　龟的四肢粗短，行动迟缓，以肺呼吸，有一个心室、两个心房。有些龟有冬眠的习性，其寿命一般较长。

　　龟作为"四灵"（麒麟、凤凰、龟、龙）之一，在中国文化中象征着吉祥、富贵、长寿。

赠戍兵

〔唐〕韦庄

汉皇^[1]无事暂游汾^[2]，底事狐狸啸作群。
夜指碧天占晋分，晓磨孤剑望秦云。
红旌不卷风长急，画角闲吹日又曛。
止竟^[3]有征须有战，洛阳何用久屯军。

注释

[1] 汉皇：指汉武帝。
[2] 游汾：指汉武帝巡游汾河一带。
[3] 止竟：究竟。

贺新郎·丁巳岁寿叔氏

〔宋〕吴潜

未是全衰暮。但相思、昭亭数曲，水村烟墅。只比儿儿[1]额上寿，尚有时光如许。况坎子、常交离午[2]。须信火龙[3]能陆战，更驱他、水虎[4]蟠沧浦。昆仑顶，时飞度。

东皇[5]蓦向昆仑遇。道如今、金阶玉陛，待卿阔步。犹恐荆人攀恋切，未放征帆高举。怕公去、狐狸嗥舞。江汉一时谁作者，想声声、赞祝明良聚。天下久，望霖雨[6]。

注释

[1] 儿儿：儿曹，指晚辈的孩子。
[2] 况坎子、常交离午：水火相交。《易·说卦》："坎为水……离为火。"
[3] 火龙：传说中浑身带火的神龙。
[4] 水虎：传说中的水兽。
[5] 东皇：东皇太一，传说中的天神。
[6] 霖雨：大雨，比喻恩泽。

动物小百科

◎狐狸	狐狸是食肉目犬科动物。一般说的狐狸，实际是狐，也叫红狐、赤狐、草狐。狸是另一种动物，外貌和狐很像，体形稍小一些，眼睛周围有一片黑斑。狐狸的腿修长，善于奔跑，耳朵灵活，可以对声音进行准确定位，嗅觉十分灵敏，眼睛能够适应黑暗环境，尾巴根部的臭腺会释放出刺鼻的味道。狐狸种类很多，有北极狐、银狐、彩狐、沙狐等。

　　狐狸生活在森林、草原、半沙漠、丘陵地带，傍晚外出觅食，捕食鼠、野兔、鸟、鱼、昆虫等小动物，偶尔吃一些野果。狐狸主要吃鼠，偶尔才会袭击家禽，因此，狐狸是一种益多害少的动物，但人们常被各种故事中的狐狸形象所误导。

　　狐狸生性狡猾且警惕性很高。如果窝里的小狐狸被敌人发现了，大狐狸会在当天晚上就搬走。狐狸在捕食小动物的时候，会想方设法吸引小动物的注意，然后慢慢靠近，再突然袭击。而当狐狸遇到强大的敌人时，则会倒在地上装死，直至敌人放松警惕时，它才趁机逃走。

　　狐狸在中国文化中有着多种意义。最初狐狸是图腾崇拜的一种动物，如《礼记》中记载的"狐死首丘"，《山海经》中的九尾狐等。后来，狐狸的意象被逐渐妖化，如传言商纣王的王妃妲己就是一只狐狸精所变幻。而在寓言故事中，狐狸的形象多是狡猾的。

素描—狐狸

汉皇无事暂游汾，底事狐狸啸作群。
夜指碧天占晋分，晓磨孤剑望秦云。
　　　　　　　——〔唐〕韦庄

咏刺猬

〔唐〕李贞白

行似针毡 [1] 动，卧若栗球圆。
莫欺如此大，谁敢便行拳 [2]。

注释

[1] 针毡：毡中置有针。

[2] 行拳：动拳头。

前苦寒行二首·其一

〔唐〕杜甫

汉时长安雪一丈，牛马毛寒缩如蝟 [1]。

楚江巫峡冰入怀，虎豹哀号又堪记。

秦城老翁荆扬客，惯习炎蒸 [2] 岁绵绤 [3]。

玄冥 [4] 祝融 [5] 气或交，手持白羽未敢释。

注释

[1] 蝟：同猬。

[2] 炎蒸：暑热熏蒸。

[3] 绵绤：葛布。葛之细者曰绵，粗者曰绤。

[4] 玄冥：冬神。

[5] 祝融：帝喾时的火官，后被尊为火神。

◎刺猬

刺猬是猬亚科猬形目哺乳动物，主要有非洲猬属、猬属、大耳猬属、林猬属等，其中猬属的刺猬最普遍，广泛分在欧洲、亚洲北部。我国刺猬主要分布在长江流域和北方。

刺猬浑身有短而密的刺，遇到危险时会卷成球状以保护自己。刺猬的刺一旦扎入敌人的身体，就很难拔出，所以很多大型的动物对刺猬是望而却步的。只有黄鼠狼是刺猬的天敌。黄鼠狼可以释放臭气把刺猬熏晕，然后将其变成腹中美食。刺猬有长长的鼻子，嗅觉发达，常在夜间活动，以昆虫和蠕虫为主要食物。

刺猬不能稳定地调节自己的体温，因此，在冬季会冬眠，且睡觉时会打呼噜。刺猬在冬眠时呼吸和心跳也跟着"冬眠"，平时刺猬的呼吸每分钟大约50次，冬眠时每分钟最多呼吸8次，有时甚至只呼吸1次或者几分钟不呼吸，心跳通常每分钟200次，冬眠时会减少到20次。刺猬既怕冷又怕热，常住在灌木丛中，性格孤僻，胆小易惊，行动迟缓。

刺猬在民间是吉祥之物，能够招财进宝。有的地方会在元宵节蒸"刺猬驮元宝"的面食，象征着蒸蒸日上、财源滚滚。

题玄宗追獾图

〔明〕周叙

朝罢鸣弰动，终南校猎[1]游。

追獾应适意，衔橛[2]却忘忧。

日入黄云暮，风生碧草秋。

从官无谏疏，老去忆韩休[3]。

注释

[1] 校猎：打猎。

[2] 衔橛：马嚼子，指驰骋游猎。

[3] 韩休：字良士，唐朝宰相，著名谏臣。

宜春苑 [1]

〔宋〕范成大

狐冢獾蹊满路隅，行人犹作御园呼。
连昌 [2] 尚有花临砌，肠断宜春寸草无。

注释

[1] 宜春苑：北宋皇家的东御园。
[2] 连昌：连昌宫。唐朝皇帝往返长安、洛阳途中停歇的行宫。

◎獾

　　獾是食肉目鼬科哺乳动物，被单独列入獾科，主要分布在欧洲和亚洲。獾四肢短小，身体肥胖，眼睛小，鼻端具有发达的软骨质鼻垫，有点像猪鼻，头部有黑白相间的条纹。獾有些懒惰，一般活动范围小且固定，出洞时会先探出头多次试探，确定没有危险后，才慢慢出来。

　　獾的适应能力很强，生活在山地、森林、草原、丘陵、盆地、湖泊等地，因前肢爪子细长、弯曲，善于挖洞。獾的嗅觉灵敏，拱食各种植物根茎，吃蚯蚓和地下昆虫的幼虫，也会捕食青蛙、螃蟹、老鼠，甚至吃动物腐烂的尸体。

　　獾的种类主要有狗獾、猪獾、狼獾、蜜獾、鼬獾。狗獾也叫獾八狗子，主要分布在我国的东北、西北、华南、中南等地，喜群居。猪獾叫声似猪，性情凶猛，视觉不好，嗅觉发达，穴居。狼獾主要生活在北极边缘及亚北极地区，我国东北地区偶尔也能看到。因它们像狼一样残忍，又有着獾一样的体形，故而得名，狼獾的主食是驯鹿。蜜獾为杂食性动物，各种食物都吃，甚至连眼镜蛇这样的毒蛇也吃，不过它们最喜欢的食物是蜂蜜。鼬獾也叫猹子、山獾、白猸，遇到威胁时会释放臭气。

无题

〔唐〕李商隐

相见时难别亦难，东风无力百花残。

春蚕到死丝方尽，蜡炬^[1]成灰泪始干。

晓镜但愁云鬓改，夜吟应觉月光寒。

蓬山^[2]此去无多路，青鸟^[3]殷勤为探看。

注释

[1] 蜡炬：蜡烛。

[2] 蓬山：蓬莱山，传说中的海上仙山。

[3] 青鸟：神话中为西王母传递信息的神鸟。

蚕妇

〔唐〕杜荀鹤

粉色全无饥色加，岂知人世有荣华。
年年道我蚕辛苦，底事[1] 浑身着苎麻[2]。

注释

[1] 底事：为什么。
[2] 苎麻：一种植物，茎部韧皮可供纺织，这里指粗麻布织成的衣服。

◎蚕

蚕是鳞翅目、变态类昆虫，蚕主要分布在温带、亚热带和热带地区，最常见的品种是桑蚕，又称家蚕，以桑叶为食，能够吐丝结茧。此外，还有柞蚕、蓖麻蚕、木薯蚕、马桑蚕、柳蚕、乌桕蚕、樗蚕、栗蚕、樟蚕、琥珀蚕等。

蚕的一生经历蚕卵、蚁蚕、熟蚕、蚕茧、蚕蛾五个阶段，共历时五十多天。蚁蚕从蚕卵中孵化出来时是褐色或黑色的，很小，有点像蚂蚁，所以称蚁蚕，孵化后两三个小时即可进食。蚕生长速度很快，从蚁蚕到吐丝结茧需要蜕皮四次，每次蜕皮时不吃也不动像睡着了一样，称作"眠"，每经历一次蜕皮，便增长一岁，身体颜色也逐渐变淡。目前我国饲养的蚕属四眠性品种。

蚕的食量很大，可以昼夜不停地吃，所以有"蚕食"一词，最后一次蜕皮后，再吃八天的桑叶就成为熟蚕，然后开始吐丝结茧。一个茧的丝可达 1500~3000 米，蚕结一个茧需要变换 250~500 次位置，织出六万多个"8"字形的丝圈。蚕丝腺内的所有分泌物完全用尽就会化蛹变蛾，所以李商隐有"春蚕到死丝方尽"的诗句。

遣兴三首·其一

〔唐〕杜甫

下马古战场，四顾但茫然。
风悲浮云去，黄叶坠我前。
朽骨穴蝼蚁 [1]，又为蔓草缠。
故老行叹息，今人尚开边 [2]。
汉虏互胜负，封疆不常全。
安得廉颇 [3] 将，三军同晏眠 [4] ！

注释

[1] 蝼蚁：蝼蛄和蚂蚁。
[2] 开边：用武力开拓疆土，指唐玄宗在天宝年间发兵攻打吐蕃。
[3] 廉颇：赵国名将。
[4] 晏眠：安眠，高枕无忧。

念奴娇·少时独步词场

〔宋〕刘克庄

少时独步词场，引弦百发无虚矢 [1]。岁晚却蒙昆体 [2] 力，世业工修鞋底 [3]。曾裂白麻 [4]，曾涂墨敕 [5]，谪堕俄征起。鼎湖龙去 [6]，老臣何以堪此！

回首当日遭逢，譬如春梦，误入华胥 [7] 里。推枕黄粱犹未熟，封拜几王侯矣。似瓮中蛇 [8]，似蕉中鹿 [9]，又似槐中蚁 [10]。先人书在，尚堪追补遗史。

注释

[1] 引弦百发无虚矢：用养由基百步穿杨，百发百中的典故。
[2] 昆体：西昆体。北宋初期盛行的一种诗体，追求辞藻华丽，好用典故，代表人物有杨亿、刘筠等。
[3] 修鞋底：《隐窟杂志》："杨文公有重名于世。尝因草制，为执政者多所点窜，杨甚不平，因取稿上涂抹之处以浓墨传之，就加为鞋底样，题其旁曰：'世业杨家鞋底。'或问其故，乃曰：'是他别人脚迹。'"
[4] 白麻：指诏书。
[5] 墨敕：亦作"墨勒"，皇帝亲笔书写，不经外廷盖印而直接下达的诏命。
[6] 鼎湖龙去：皇帝去世。
[7] 华胥：指梦。
[8] 瓮中蛇：指杯弓蛇影之典。
[9] 蕉中鹿：《列子·周穆王》："郑人有薪于野者，遇骇鹿，御而击之，毙之。恐人见之也，遽而藏诸隍中，覆之以蕉。不胜其喜。俄而遗其所藏之处，遂以为梦焉。"
[10] 槐中蚁：也称南柯梦，槐安梦。

◎蚂蚁

蚂蚁，昆虫的一种，种类较多，分布在世界各地（南极洲除外），目前世界上有一万多种，有21亚科283属。我国的蚂蚁种类有600多种，有小黄家蚁、大头蚁、臭蚁、切叶蚁、红火蚁、行军蚁、织叶蚁、子弹蚁等。蚂蚁的寿命较长，一般工蚁可以生存几周至几年不等，蚁后可以存活十几年或几十年。

蚂蚁是典型的群居动物，具有社会性，有明确的分工。蚁群一般有蚁后、雌蚁、雄蚁、工蚁、兵蚁五级。蚁后主要负责繁殖后代和统管家族。雌蚁指具有生殖能力的雌性，交尾后脱翅成为新的蚁后，俗称"公主"或"天使"。雄蚁也称父蚁，主要职能是和蚁后交配，也被称为"王子"或"蚊子"。工蚁是没有生殖能力的雌性，主要职责是建造和扩大巢穴、采集食物、饲喂幼虫及蚁后等。兵蚁也是没有生殖能力的雌蚁，是负责保卫群体或攻击其他蚁类的蚂蚁。

蚂蚁被称为动物界的建筑师，一般在地下筑巢。蚂蚁的巢穴有良好的排水和通风措施，出入口是一个拱起的小土丘。巢穴内每个房间有明确的分类。

不同种类的蚂蚁对食物的需求有很大的不同，有肉食性、杂食性、素食性等。肉食性的蚂蚁多以昆虫为主要食物，素食性蚂蚁主要吃植物或果实汁液。

蚂蚁是动物界的大力士。据力学家测定，一只蚂蚁能举起超过自己体重400倍的物体，能够拖动超过自己体重1700倍的物体。

蚂蚁存在的历史非常悠久，大约与恐龙是同一时期。我国古代很早就有关于蚂蚁的记载，如《尔雅》《礼

◎蚂蚁

记》《淮南子》等。《礼记》有"蚳醢以供天子馈食"的记载，蚳指蚁卵，也就是用蚁卵制成食物供天子食用。

蚂蚁虽小，却在历史上产生过重要影响。第二次世界大战期间，有着"沙漠之狐"之称的德国将军隆美尔被英国的蒙哥马利元帅打败之后，派出一支精锐部队准备穿越非洲原始丛林，袭击英军后方。然而，这支部队却被非洲大如拇指的黑刺大腭蚁消灭了。

溪亭二首·其一

〔唐〕许浑

溪亭四面山，横柳半溪湾[1]。
蝉响螳螂急，鱼深翡翠闲。
水寒留客醉，月上与僧还。
犹恋萧萧竹，西斋未掩[2]关[3]。

注释

[1] 半溪湾：水湾的一半被柳枝覆盖。
[2] 掩：关。
[3] 关：门。

少孺 [1]

〔唐〕周昙

宝贵亲仁与善邻 [2]，邻兵何要互相臻。
螳螂定是遭黄雀，黄雀须防挟弹人。

注释

[1] 少孺：春秋时吴王阖闾的舍人。
[2] 宝贵亲仁与善邻：《左传·隐公六年》："亲仁善邻，国之宝也。"

◎螳螂

螳螂也称刀螂，无脊椎动物，种类较多，大约有2000种，广泛分布在世界各地（极地除外），热带地区种类最丰富，主要有中华大刀螳、狭翅大刀螳、广斧螳、棕静螳、薄翅螳螂、绿静螳等。螳螂是食肉性昆虫，可捕食40多种害虫，是蚊、蝇、蝗虫等害虫的天敌。

螳螂多为绿色，也有褐色或者带有花斑的种类，其典型特征是两个"大刀"形状的前肢，上面有一排坚硬的锯齿，末端有钩子，是捕食的重要工具。螳螂为了捕食猎物和躲避天敌，可以依靠拟态使体形像绿叶或褐色枯叶、细枝等，与其所处的环境融为一体。螳螂的寿命较短，一般六到八个月，但神奇的是螳螂就算没有头依然能存活十天左右。

雌螳螂的食量和捕捉能力大于雄螳螂，因此在交配时会发生雌螳螂吃掉雄螳螂的现象。但实际上，这种现象并不是每次都会发生。科学家通过实验发现，交配前处于饥饿状态的螳螂才会发生吃夫的现象。

在古希腊，螳螂被称为祷告虫，因其举起前臂的样子像正在祈祷的修女，所以古希腊人将螳螂视为先知。在我国，与螳螂有关的典故成语也有不少，如"鹤势螂形""螳臂当车""螳螂捕蝉，黄雀在后"等。

素描—螳螂

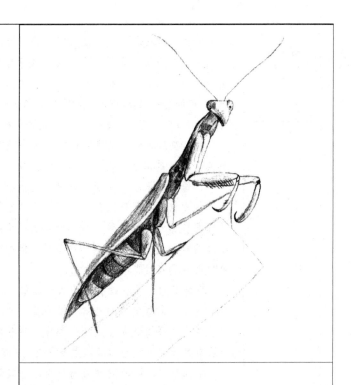

宝贵亲仁与善邻，邻兵何要互相臻。
螳螂定是遭黄雀，黄雀须防挟弹人。
　　　　　　　——〔唐〕周昙

秋兴

〔宋〕陆游

蓬蒿门巷绝经过，清夜何人与晤歌？
蟋蟀独知秋令早，芭蕉正得雨声多。
传家产业遗书富 [1]，玩世神通醉脸酡 [2]。
如许痴顽君会否？一毫不遣损天和。

注释

[1] 遗书富：西汉大臣韦贤有"遗子黄金满籝，不如教子一经"之语。
[2] 酡：醉酒，指醉酒后脸色发红。

促织 [1]

〔唐〕张乔

念尔无机 [2] 自有情，迎寒辛苦弄梭声。
椒房 [3] 金屋 [4] 何曾识，偏向贫家壁下鸣。

注释

[1] 促织：蟋蟀。
[2] 机：织布机。
[3] 椒房：指后妃居住的房屋。
[4] 金屋：豪华的屋子。汉武帝幼时，曾说要娶阿娇，并作金屋以贮之。

◎蟋蟀

蟋蟀别名较多，如促织、蛐蛐、夜鸣虫、将军虫、秋虫、斗鸡、趋织、地喇叭、灶鸡子、土蜇等。蟋蟀作为一种古老的昆虫，至少已有1.4亿年的历史。蟋蟀种类较多，全世界已知种类约有2500种，如中华蟋蟀、大棺头蟋蟀、油葫芦等。

蟋蟀穴居，多栖息在砖石下、土穴中、草丛间，夜间活动。蟋蟀是杂食性昆虫，吃各种作物、树苗、果蔬等，因此，很多种类的蟋蟀对于农作物来说是害虫。

蟋蟀后腿发达，善于跳跃。雄性蟋蟀前翅上有发音器，能够发出鸣叫声。蟋蟀性情孤僻，喜独居，雄性蟋蟀个头相对较大，好斗，争斗通常是为了争夺食物、巩固领地、占有雌性。中国古代便有斗蟋蟀的习俗。

斗蟋蟀原为古代的娱乐性活动，但也有人因为痴迷于此而玩物丧志。据说酷爱玩蟋蟀的宋朝皇帝宋徽宗被金兵俘虏，北上金国途中，路过山东宁津县，行李突然散开，掉下一个小盒，竟然蹦出一只蟋蟀。宋朝还有两位喜欢斗蟋蟀之人被称为亡国宰相，一个是北宋末年的李邦彦，一个是南宋末年的贾似道。贾似道常与妻妾伏地斗蟋蟀。后来，他还总结了养蟋蟀、斗蟋蟀的经验，并写成《促织经》一书。

第二篇　飞翔动物

· FEIXIANG DONGWU ··

鹧鸪天·代人赋

〔宋〕辛弃疾

晚日 [1] 寒鸦一片愁，柳塘新绿却温柔。若教眼底无离恨，不信人间有白头。

肠已断，泪难收。相思重上小红楼。情知 [2] 已被山遮断，频倚阑干 [3] 不自由。

注释

[1] 晚日：夕阳。
[2] 情知：明知，深知。
[3] 阑干：栏杆。阑，同"栏"。

鸦

〔唐〕杜牧

扰扰 [1] 复翩翩 [2]，黄昏飏冷烟。
毛欺皇后发 [3]，声感楚姬弦。
蔓垒盘风下，霜林接翅眠。
只如西旅样，头白岂无缘 [4]。

注释

[1] 扰扰：纷乱。

[2] 翩翩：飞动貌。

[3] 皇后发：《东观汉记》注有"后发美，为四起大髻，但以发成尚有余，绕髻三匝"。

[4] 头白岂无缘：《博物志》："燕太子丹质于秦，不得意，欲归，秦王不听，谬言曰：'令乌头白，马生角，乃可。'丹仰而叹，乌即头白；俯而嗟，马生角。秦王不得已而遣之。"

◎乌鸦

乌鸦是对雀形目鸦科鸦属中数种黑色鸟类的俗称，也叫老鸹。乌鸦多为黑色，也偶有白色。乌鸦种类较多，大约有25种，除南美洲、新西兰、南极洲外，几乎遍布于全世界。乌鸦喜群居，集群性强，一群可达几万只，多栖息在树林或田野间。乌鸦为杂食性动物，喜食腐肉，也吃谷物、昆虫、浆果等。

乌鸦是一种非常忠诚的鸟，奉行终身一夫一妻制。乌鸦也是一种智商很高的动物，其智力水平与家犬相当。乌鸦会使用简单的工具，如会借助石块砸开坚果等。其中大嘴乌鸦日本亚种的智商在乌鸦中可谓"出类拔萃"。它们会在红灯时，飞到地面把胡桃放在停在路上的车轮底下，等绿灯亮起车子通过后，再次飞到地面去吃已被碾碎的胡桃。

乌鸦多被视为不祥之物，但在中国古代，也曾被人们视为吉祥的象征。如西汉董仲舒在《春秋繁露·同类相动》中引《尚书传》："周将兴时，有大赤乌衔谷之种而集王屋之上，武王喜，诸大夫皆喜。"故也有了"乌鸦报喜，始有周兴"的历史传说。唐代以后，才有乌鸦作为凶兆的说法出现。

乌鸦在中国还被称为"孝鸟"，乌鸦反哺一直以来被儒家用来教化人们"行孝"。

素描——乌鸦

蔓垒盘风下，霜林接翅眠。
只如西旅样，头白岂无缘。
　　　　——〔唐〕杜牧

山行见鹊巢

〔唐〕蒋冽

鹊巢性本高，更在西山木。
朝下清泉戏，夜近明月宿。
非直[1]避网罗，兼能免倾覆。
岂忧五陵子[2]，挟弹来相逐。

注释

[1] 非直：不只是。
[2] 五陵子：指富家子弟。五陵指西汉高祖、惠帝、景帝、武帝、昭帝
五个皇帝的陵园，当时每建一陵园，四方富豪和贵戚就会来此附近居住。

鹊桥仙·月波[1]清霁

〔宋〕欧阳修

月波清霁，烟容[2]明淡，灵汉[3]旧期还至。鹊迎桥路接天津，映夹岸、星榆[4]点缀。

云屏未卷，仙鸡[5]催晓，肠断去年情味。多应天意不教长，凭恐把、欢娱容易。

注释

[1] 月波：月光。
[2] 烟容：云雾弥漫的景色。
[3] 灵汉：天河，银河。
[4] 星榆：榆荚形似钱串，色白，所以用来形容繁星。
[5] 仙鸡：天鸡，神话传说中天上的鸡。

◎喜鹊

喜鹊简称鹊，是鸟纲雀形目鸦科鹊属的一种鸟类，共有十个亚种。喜鹊的头、颈、背、尾均为黑色或藏青色，并且从前向后分别呈紫色、绿蓝色、绿色等，翼肩部有大型白斑。除南美洲、大洋洲、南极洲外，喜鹊几乎分布在世界各地，栖息地多样，常出没于人类活动地区。中国主要有四个亚种，分别是青藏亚种、普通亚种、新疆亚种和东北亚种。

喜鹊为杂食性鸟类，多以昆虫为食物，冬、春季节以一些植物性食物为主。喜鹊的巢通常筑在高大的树上，且在树冠的顶端，非常醒目。筑巢材料就近获取，主要是由枯树枝、细草等穿插缠绕，内部涂有泥巴，垫有苔藓、羽毛等，巢有顶盖和出入口。

喜鹊在中国是一种吉祥的鸟，民间传说听见喜鹊叫声会有喜事发生。据说唐朝有个叫黎景逸的人，家门前的树上有个鹊巢，他经常喂食巢里的喜鹊，时间长了，人与鸟之间有了感情。一次黎景逸被冤枉入狱，在狱中十分苦闷。突然有一天，他喂食的那只喜鹊停在狱窗前欢叫不停。他暗想是不是有好消息要来了。果然，三天后他就被无罪释放。

雀飞多

〔唐〕张籍

雀飞多，触网罗。
网罗高树颠，汝飞蓬蒿下，勿复[1]投身网罗间！
粟积仓，禾在田；巢之雏[2]，望其母来还。

注释

[1] 勿复：不要再。
[2] 雏：幼雀。

有感

〔唐〕刘禹锡

死且不自觉 [1]，其余安可论？
昨宵凤池 [2] 客，今日雀罗门 [3]。
骑吏 [4] 尘未息，铭旌 [5] 风已翻。
平生红粉爱，惟解哭黄昏。

注释

[1] 不自觉：指王涯等并未参与"甘露之变"而被宦官杀害。
[2] 凤池：凤凰池，代指中书省。
[3] 雀罗门：指门庭冷落。
[4] 骑吏：宦官指挥的禁军。
[5] 铭旌：写有死者姓名的旗幡。

◎雀

雀是雀形目雀科的一种，世界上雀科鸟类种类较多，其中曙红朱雀、藏雀、金枕黑雀、朱鹂和蓝鹂为我国特有鸟种。雀为杂食性动物，以果实、种子、昆虫为食。

除大洋洲外，雀分布于世界各地，其中北半球的种类最丰富，多栖息于森林、田园、草甸、灌木丛、居民区等。雀的代表物种有麻雀、朱鹂、血雀等。麻雀有树麻雀、家麻雀等，树麻雀颊部有黑斑，家麻雀和其他麻雀颊部没有黑斑。麻雀一般为地方性留鸟，在当地繁殖，广泛分布在世界各地。朱鹂为我国特有鸟类，数量稀少，主要栖息于山谷和山溪两岸的矮柳丛和小型灌木丛。朱鹂的显著特色是眉纹、眼先、颊以及颏、喉、胸呈淡玫瑰红色。血雀头羽和颈羽呈红或绿色，羽基均为白色，我国主要分布在西南山区和青藏高原，国外在印度、尼泊尔、泰国和缅甸也有分布。

雀在我国具有多样性的文化含义，既象征着贪图享乐、胸无大志、目光短浅，也表示勤劳、自由，同时还象征着加官晋爵。据《战国策》记载，楚大臣庄辛就以麻雀不知随时会有危险来讽刺楚襄王不思进取。爵是古代的一种酒器和礼器，样子像雀鸟之形，在夏商周时期，只有贵族才能使用，代表着很高的地位，所以后来有爵位或爵号的说法。

蝶恋花·昌乐馆[1]寄姊妹

〔宋〕李清照

　　泪揾征衣脂粉暖，四叠《阳关》[2]，唱到千千遍。人道山长水又断，潇潇微雨闻孤馆。

　　惜别伤离方寸[3]乱，忘了临行，酒盏深和浅。若有音书凭过雁，东莱[4]不似蓬莱远。

注释

[1] 昌乐馆：昌乐县驿馆。

[2]《阳关》：指王维《送元二使安西》："渭城朝雨浥轻尘，客舍青青柳色新。劝君更尽一杯酒，西出阳关无故人。"

[3] 方寸：方寸地，指人心。

[4] 东莱：莱州，当时赵明诚的为官之地。

迈陂塘 [1] · 雁丘

〔金〕元好问

　　泰和五年乙丑岁，赴试并州，道逢捕雁者云，今日获一雁，杀之矣，其脱网者悲鸣不能去，竟自投于地而死。予因买得之，葬之汾水之上，垒石为识 [2]，号曰"雁丘"，并作雁丘词。

　　问世间、情是何物，直教生死相许。天南地北双飞客，老翅几回寒暑。欢乐趣。离别苦、就中更有痴儿女。君应有语。渺万里层云，千山暮雪，只影向谁去。

　　横汾路。寂寞当年箫鼓。荒烟依旧平楚 [3]。招魂楚些 [4] 何嗟及，山鬼暗啼风雨。天也妒。未信与、莺儿燕子俱黄土。千秋万古。为留待骚人，狂歌痛饮，来访雁丘处。

注释

[1] 迈陂塘：又名摸鱼儿，唐教坊曲名，后用为词牌。

[2] 识（zhì）：标志。

[3] 平楚：远望树梢齐平。楚，指树丛。

[4] 招魂楚些（suò）：《楚辞·招魂》句尾皆有"些"字，后以"楚些"为招魂的代称。

◎大雁

　　大雁是对雁亚科各种类的通称，也称野鹅，大型候鸟。世界上共有九种，我国有七种，我国常见的种类是鸿雁、灰雁、豆雁、白额雁、斑头雁等。大雁喜群居，通常一个雁队由六只大雁组成，或者以六的倍数组成。雁群栖息在水边，夜晚会有大雁专门在周围"巡逻"，遇到危险就会鸣叫报警。大雁的主要食物是嫩叶、种子、细根、谷物等。

　　大雁被称为出色的旅行家。每年的秋冬季节，它们就会成群结队地飞到我国的南方过冬，第二年春天，又会回到西伯利亚产卵繁殖。大雁在飞行过程中会保持严格整齐的队形，有时是"人"字形，有时是"一"字形。飞在队形最前面的通常是经验丰富的大雁，其他大雁依次排列，幼雁和体弱的雁排在中间，这样的队形既能很好地防御敌害，又能节省其他大雁的体力。

　　大雁是一种忠贞的动物，实行一夫一妻制，一只死去，另一只绝不会再找配偶。我国古代有的地方订婚时男方会送一对雁作为彩礼，以此象征忠贞不渝的爱情。由于大雁每年都会迁徙，因此，在古代文人笔下，大雁代表着书信，也象征了思乡之情、漂泊之苦等。

鹧鸪天·懒向青门学种瓜 [1]

〔宋〕陆游

懒向青门学种瓜，只将渔钓送年华。双双新燕飞春岸，片片轻鸥落晚沙。

歌缥缈，橹呕哑，酒如清露鲝 [2] 如花。逢人问道归何处，笑指船儿此是家。

注释

[1] 青门学种瓜：汉代初年，广陵人召平为秦东陵侯，在长安城的青门外种瓜。
[2] 鲝（zhǎ）：腌制后的鱼。

贺新郎·夏景

〔宋〕苏轼

　　乳燕飞华屋，悄无人、桐阴转午，晚凉新浴。手弄生绡白团扇，扇手一时似玉。渐困倚、孤眠清熟。帘外谁来推绣户，枉教人、梦断瑶台曲。又却是，风敲竹。

　　石榴半吐红巾蹙[1]，待浮花浪蕊[2]都尽，伴君幽独。秾艳一枝细看取[3]，芳心千重似束。又恐被、西风惊绿。若待得君来向此，花前对酒不忍触。共粉泪，两簌簌。

注释

[1] 红巾蹙：形容石榴花半开时如红巾褶皱，出自白居易《题孤山寺山石榴花示诸僧众》："山榴花似结红巾，容艳新妍占断春。"

[2] 浮花浪蕊：石榴花近夏始发，其他花早开，故显轻浮。韩愈有《杏花》："浮花浪蕊镇长有，才开还落瘴雾中。"

[3] 取：语气助词。

◎燕子

　　燕子是对雀形目燕科鸟类的统称，共有74种，常见的有雨燕、楼燕、家燕、金腰燕、灰沙燕、岩燕、毛脚燕等。燕子多在树洞或缝隙中筑巢，沙岸上钻穴，也在屋檐、楼道上筑巢。燕子是典型的迁徙性候鸟，天冷时飞到南方过冬。因故乡在北方，北方色玄，所以古时燕子也叫玄鸟。燕子的主要食物是蚊、蝇等，且燕子是在空中捕捉昆虫，一只燕子一个季度能吃掉25万只害虫，所以燕子是益鸟。

　　我国汉字中的"燕"是指家燕。家燕前腰为栗红色，后胸有不整齐横带，腹部为乳白色。燕子一般在春、夏季节繁殖，雌雄共同孵卵，共同喂养幼鸟。

　　燕子总是成双成对地出现，因此，很受古代文人的青睐，经常出现在古诗词中，用来表达相思，渲染离愁，表现惜春伤秋之情。如苏轼的《蝶恋花》："好梦惊回，望断高唐路。燕子双飞来又去。"宋无名氏的《西江月》："梁上喃喃燕语，纸间戢戢蚕生。满城风雨近清明。不道有人新病。"另外，燕子也是吉祥、勤劳、财富的象征。

采桑子·谢家庭院^[1]残更立

〔清〕纳兰性德

谢家庭院残更立，燕宿雕梁。月度银墙^[2]，不辨花丛那辨香。
此情已自成追忆，零落鸳鸯。雨歇微凉，十一年前梦一场。

注释

[1] 谢家庭院：指南朝宋谢灵运家。谢灵运在会稽始宁县有庄园，庄园
依山傍水，后用以代称贵族家园，也指闺房。晋谢奕之女谢道韫和唐李
德裕之妾谢秋娘等负有盛名，后人也多用"谢家"代指闺中女子。
[2] 月度银墙：月光洒在墙上，墙壁泛着银白色。

小圃

〔宋〕欧阳修

桂树鸳鸯起，兰苕翡翠 [1] 翔。
风高丝 [2] 引絮，雨罢叶生光。
蝶粉花沾紫，蜂茸露湿黄。
愁醒 [3] 与消渴，容易为春伤。

注释

[1] 翡翠：一种羽毛非常美丽的水鸟。
[2] 丝：指空中飞舞的昆虫游丝。
[3] 醒：指醉酒后神志不清。

◎鸳鸯

鸳鸯是雁形目鸭科鸟类，鸳指雄鸟，鸯指雌鸟。雌雄颜色不同，雄鸟嘴为红色，羽色鲜艳而华丽，雌鸟嘴为黑色，头和整个上体呈灰褐色，眼周白色。鸳鸯为杂食性动物，食物种类会随季节和栖息地的变化而变化。冬春季节以植物和坚果为主要食物，繁殖季节以动物性食物为主，主要有蚂蚁、蝗虫、蚊子、甲虫、蜗牛、小鱼等。

鸳鸯在繁殖季节主要栖息于森林、湖泊、水塘、沼泽、芦苇地等，冬季多栖息在开阔的湖泊、江河、沼泽地带。鸳鸯生性机警，善于隐蔽，喜群居，飞行本领较强。鸳鸯在外出觅食返回的时候，通常会有一对鸳鸯在栖息地上空盘旋侦察，确认没有危险后其他的鸳鸯才一起落下。鸳鸯在每年的三、四月和九、十月会成群迁徙，也有部分鸳鸯不迁徙。

鸳鸯总是成双成对出现的，也被当成爱情的象征。最初用鸳鸯比喻夫妻的是西汉的司马相如。为了追求卓文君，他曾写过"何缘交颈为鸳鸯，胡颉颃兮共翱翔"的诗句。唐代诗人卢照邻在《长安古意》诗中用"愿作鸳鸯不羡仙"来形容美好的爱情。鸳鸯在古代也指志同道合的兄弟或贤者。如嵇康的《赠秀才入军》言："鸳鸯于飞，肃肃其羽。朝游高原，夕宿兰渚。邕邕和鸣，顾眄俦侣。俛仰慷慨，优游容与。"曹植的《赠王粲》言："树木发春华，清池激长流。中有孤鸳鸯，哀鸣求匹俦。"

城东寺菊

〔宋〕王安石

黄花漠漠弄秋晖^[1]，无数蜜蜂花上飞。
不忍独醒辜尔去，殷勤为折一枝归^[2]。

注释

[1] 秋晖：秋日的阳光。
[2] 殷勤为折一枝归：《同严给事闻唐昌观玉蕊近有仙过，因成绝句》
有"应共诸仙斗百草，独来偷折一枝归"之句。

蜂

〔唐〕李商隐

小苑华池烂熳通，后门前槛思无穷。
宓妃腰细 [1] 才胜露，赵后身轻 [2] 欲倚风。
红壁寂寥崖蜜尽，碧帘迢递雾巢空。
青陵粉蝶休离恨 [3]，长定相逢二月中。

注释

[1] 宓妃腰细：《洛神赋》："腰如约素。"宓妃，洛神。
[2] 赵后身轻：《飞燕外传》："帝临太液池，后歌归风送远之曲。帝以文犀簪击玉瓯。酒酣，风起，后扬袖曰：'仙乎，仙乎！去故而就新。'帝令冯无方持后裙。风止，裙为之绉。他日，宫姝幸者或襞裙为绉，号'留仙裙'。"
[3] 青陵粉蝶休离恨：据干宝《搜神记》记载，大夫韩凭娶一美妻，宋康王欲夺之，韩凭因怨恨自杀。其妻与王登青陵台时，暗中把衣服弄烂，自投台下，左右揽之，着手化为蝴蝶。

◎蜜蜂

蜜蜂是一种社会性昆虫，群居生活，种类很多，主要有小蜜蜂、黑小蜜蜂、大蜜蜂、黑大蜜蜂、沙巴蜂、苏拉威西蜂、绿努蜂、西方蜜蜂、东方蜜蜂、中华蜜蜂等十大类。其中中华蜜蜂是原产于中国的土著蜂，耐寒性好，飞行敏捷，能适应中国各地的气候和蜜源条件。

蜂群主要由蜂王、雄蜂、工蜂等个体组成。蜂王的职责是产卵，主要负责繁衍后代，其身体健壮，体重是工蜂的两倍。雄蜂的职责是与蜂王交配。每当交配季节，成熟的雄蜂会在空中飞舞以吸引蜂王，蜂王出现后，所有的雄蜂便会经过一番激烈的争夺，最后获胜者获得交配权，但是这个权力是以生命为代价的，交配后的雄蜂会立刻死亡。工蜂是雌性器官发育不全的蜜蜂。工蜂的分工最多，任务最重。

蜜蜂之间的交流主要是舞蹈，常见的是圆舞和摆尾舞。舞者是蜜蜂中的侦察蜂，所跳舞蹈根据查找到的蜜源方向和距离而定。圆舞是一会儿向左转圈，一会儿向右转圈，也就是所谓的"8"字舞。蜜源的质量则是通过跳舞的激情来表示。

我国有许多关于蜜蜂的成语，多是贬义，如蜂趋蚁附、招蜂引蝶等，但蜜蜂在我国文化中却是勤劳的象征。

锦瑟 [1]

〔唐〕李商隐

锦瑟无端五十弦，一弦一柱 [2] 思华年。
庄生晓梦迷蝴蝶，望帝 [3] 春心托杜鹃。
沧海月明珠有泪 [4]，蓝田日暖玉生烟 [5]。
此情可待成追忆，只是当时已惘然。

注释

[1] 瑟：古代的一种乐器，一般有五十根弦。
[2] 柱：系弦的柱子，可以上下移动，以定声音的高低清浊。
[3] 望帝：据说战国末年蜀国国君杜宇，号望帝，亡国后其魂化为杜鹃，暮春时节啼叫，叫声凄凉。
[4] 珠有泪：张华《博物志》中记载有一种生活在大海的鲛人，哭泣时流下的眼泪会变成珍珠。
[5] 玉生烟：司空图在《与极浦书》中引戴容州语："诗家之景，如蓝田日暖，良玉生烟，可望而不可置于眉睫之前也。"

虞美人·玉箫 [1] 吹遍烟花路

〔宋〕晏几道

　　玉箫吹遍烟花路。小谢 [2] 经年去。更教谁画远山眉 [3]。又是陌头风细、恼人时。

　　时光不解年年好。叶上秋声早。可怜蝴蝶易分飞。只有杏梁双燕、每来归。

注释

[1] 玉箫：指歌女。据说韦皋少时游江夏，与姜氏侍婢玉箫有情。分别后，玉箫为其绝食而死。再世后，成为韦皋侍妾。

[2] 小谢：指谢朓。

[3] 远山眉:《西京杂记》卷二："文君姣好，眉色如望远山，脸际常若芙蓉，肌肤柔滑如脂，十七而寡，为人放诞风流，故悦长卿之才而越礼焉。"

◎蝴蝶

蝴蝶又名蛱蝶、胡蝶、浮蝶儿、蝶等，种类较多，如凤蝶科、闪蝶科、粉蝶科、袖蝶科、环蝶科、弄蝶科等，其中亚马孙河流域品种最多，其次是东南亚一带。蝴蝶一般色彩鲜艳，翅膀和身体有各种花斑。最大的蝴蝶是新几内亚东部的亚历山大女皇鸟翼凤蝶，雌性翼展可达31厘米；最小的是阿富汗的渺灰蝶，展翅只有7毫米；最漂亮的蝴蝶是光明女神蝶，也称海伦娜闪蝶、蓝色多瑙河蝶；最稀有的蝴蝶是皇蛾阴阳蝶。

蝴蝶是全变态昆虫，一生会经历卵、幼虫、蛹、成虫四个阶段。蝴蝶的卵大多在植物叶面上，幼虫孵化后，会吃掉大量植物叶子，幼虫要经过几次蜕皮，成熟后变成蛹，蛹成熟后破壳而出成为蝴蝶，也就是人们常说的"化蝶"。

蝴蝶为了保护自己，不同的种类有不同的自卫方式。有的蝴蝶通过警戒色吓退捕食者，如邮差蝴蝶，红黑相间的翅膀，艳丽的斑纹，会让捕食者误以为有毒。有的蝴蝶通过拟态和周围环境融为一体，如枯叶蛱蝶，停在树枝上的时候很难和树叶区别出来。此外，有的蝴蝶受到惊吓或遇到危险时还会释放臭气等。

蝴蝶在我国具有丰富的文化含义，其中最著名的是庄周梦蝶和梁祝化蝶的故事。

庄周梦蝶出自《庄子·齐物论》："昔者庄周梦为胡蝶，栩栩然胡蝶也，自喻适志与！不知周也。俄然觉，则蘧蘧然周也。不知周之梦为胡蝶与，胡蝶之梦为周与？"

《梁山伯与祝英台》是家喻户晓的民间传说，梁山伯与祝英台之间的爱情被誉为千古绝唱。梁山伯在去求学的路上遇到女扮男装的祝英台，二人一见如故，结拜为兄弟，共同到书院就读。三年后，祝英台返家，二人依依惜别。后来梁山伯经师母指点去祝英台家求婚，此时祝英台已许配给马家。梁山伯后来郁闷而终，祝英台出嫁时，经过梁山伯坟墓，前去拜祭，坟墓突然裂开，祝英台投入墓中，与梁山伯双双化蝶，翩翩而去。

素描——蝴蝶

时光不解年年好。叶上秋声早。可怜蝴蝶易分飞。只有杏梁双燕、每来归。

——〔宋〕晏几道

卜居 ^[1]

〔唐〕杜甫

浣花流水水西头，主人为卜林塘幽。
已知出郭少尘事，更有澄江 ^[2] 销客愁。
无数蜻蜓齐上下，一双鸂鶒 ^[3] 对沉浮。
东行万里 ^[4] 堪乘兴，须向山阴上小舟。

注释

[1] 卜居：选择地方定居。
[2] 澄江：指浣花溪。
[3] 鸂鶒（xī chì）：又叫紫鸳鸯，一种水鸟。
[4] 东行万里：指东行去吴地。

◎蜻蜓

蜻蜓别名较多，如猫猫丁、咪咪洋、丁丁、蚂螂、河嘻嘻等。蜻蜓有复眼一对，单眼三个，每只眼睛有无数个"小眼"构成，是世界上眼睛最多的昆虫。蜻蜓的每个"小眼"都与感光细胞和神经相连，因此，蜻蜓的视觉非常发达，且可以不用转头就能看到上、下、前、后的事物。

从动物科目来说，蜻蜓主要有大蜓科、春蜓科、大蜻科、蟌科、犀蟌科等。我国常见的蜻蜓种类主要有蓝面蜓、黄蜻、玉带蜻等。蜻蜓主要在池塘或河边飞行，捕食蚊虫等，是一种益虫。

蜻蜓为不完全变态昆虫，幼虫称为稚虫，水生，形态和习性与成虫完全不同。蜻蜓交配后，雌蜻蜓会将卵产到水中。卵发育为稚虫，在水中用直肠气管鳃呼吸，以孑孓或小型动物为食，一般经11次以上蜕皮，两年以上才能沿水草爬出水面，再经最后的蜕皮羽化，成为蜻蜓。

蜻蜓经常出现在宫怨诗中，因此，蜻蜓在古代也被赋予春闺秋怨的含义。如刘禹锡的《春词》："新妆宜面下朱楼，深锁春光一院愁。行到中庭数花朵，蜻蜓飞上玉搔头。"就表达了宫女的孤独忧怨。

蝉

〔唐〕李商隐

本以高难饱 [1]，徒劳恨费声。

五更疏欲断，一树碧无情。

薄宦 [2] 梗犹泛 [3]，故园芜已平 [4]。

烦君最相警，我亦举家清。

注释

[1] 高难饱：蝉栖高枝，饮清露而难饱。

[2] 薄宦：官职卑微。

[3] 梗犹泛：指漂泊不定的宦游生活。

[4] 芜已平：杂草丛生，荒芜得没有路径。

闲居杂题五首·鸣蜩[1] 早

〔唐〕陆龟蒙

闲来倚杖柴门口，鸟下深枝啄晚虫[2]。

周步一池[3] 销半日，十年听此鬓如蓬。

注释

[1] 蜩：蝉。

[2] 晚虫：指深秋时节的昆虫。

[3] 周步一池：绕着池塘走一圈。

◎蝉

蝉属昆虫纲、半翅目蝉科动物，又名知了、嘛叽嘹、黑老哇哇，幼虫期叫爬爬、爬拉猴、蝉猴、知了猴、结了猴、肉牛、结了龟、神仙或蝉龟。雄性的蝉腹部有发音器，能发出尖锐的声音，雌性腹部有听器，不能发声。蝉多分布于热带地区，栖息于沙漠、草原、森林等地。蝉主要靠吸取树汁存活，幼虫在地下也靠吸取树根汁液生长。

蝉常将卵产在木质组织内，如树枝等，卵一孵出便钻入地下。一般经过五次蜕皮，需要几年的时间才能成熟。成熟后会从地下钻出，爬到树上进行脱壳。我国中原地区的蝉一般是傍晚从地下钻出，夜里蜕皮，而新疆沙湾地区的蝉则是在中午天气最热的时候从土里钻出，而且钻出时已经没有壳，只需要在灌木上等颜色变黑，就可以展翅而飞了。

蝉的一生虽长，但大部分时间是在黑暗的地下度过。幼虫在地下生活最长可达17年，脱壳羽化为成虫后最长的寿命也就两个多月。因此，蝉在我国古代象征着复活和永生。周朝后期到汉代的葬礼中，有钱人家喜欢在死者口中放一个玉蝉，祈求可以得到庇护和永生。古代人认为蝉餐风饮露，是高洁的象征。《唐诗别裁》中说："咏蝉者每咏其声，此独尊其品格。"

在炎热的夏季，有人可能认为蝉的鸣叫很是聒噪，不过古人却认为蝉的叫声为大自然增添了意趣。蝉的鸣叫还能预报天气，如果蝉一大早就在树端高歌，就表示今天会很热。

白鹭

〔唐〕刘长卿

亭亭^[1] 常独立，川上时延颈^[2]。
秋水寒白毛，夕阳吊孤影。
幽姿闲自媚，逸翮^[3] 思一骋。
如有长风吹，青云在俄顷。

注释

[1] 亭亭：直立的样子。

[2] 延颈：伸长脖子。

[3] 逸翮（hé）：指强健善飞之鸟的翅膀。

赋得白鹭鸶送宋少府入三峡

〔唐〕李白

白鹭拳一足，月明秋水寒。
人惊远飞去，直向使君滩[1]。

注释

[1] 使君滩：《水经注·江水》："又东迳羊肠虎臂滩。杨亮为益州，至此舟覆，惩其波澜，蜀人至今犹名之为使君滩。"

◎鹭鸶

鹭鸶是鹭科鸟类，为长腿涉禽，喜欢群居，有几种被称为白鹭。鹭科包括麻鸭亚科、夜鹭亚科和鹭虎鹭亚科，主要活动于湿地及林地附近。鹭鸶的外形特征为嘴长、颈长、腿长，羽毛有白色、褐色、灰蓝色等。

鹭可以分为典型鹭、夜鹭、虎鹭。典型鹭白天觅食，主要种类有北美洲的大蓝鹭、非洲的巨鹭等。夜鹭的腿较短，黄昏时和夜间比较活跃，主要种类有黑冠夜鹭、黄冠夜鹭、船嘴鹭等。虎鹭是最原始的鹭，主要种类有条纹虎鹭、墨西哥虎鹭等。虎鹭胆小，喜欢独栖，羽毛具有隐匿色。

鹭鸶的主要食物是鱼类、哺乳动物、爬行动物、两栖动物、甲壳类动物等。鹭鸶还会利用灵活的脖子和尖嘴将河蚌往石头上甩，直到把河蚌震开。

鹭鸶也称白鹭，在古代被称为"丝禽"，常常一只脚独立于水中，是中国画和文学作品的主题之一。鹭鸶的羽毛具有较高的观赏价值，我国古人喜欢用它们来装饰服饰，西方人喜欢用它们来点缀女帽，使得鹭鸶几乎一度陷入灭绝的境地。后来，由于人们的穿戴和打扮方式发生了变化，加上政府对鹭鸶采取了保护措施，才使鹭鸶幸免于灭绝。

鹦鹉洲 [1]

〔唐〕李白

鹦鹉来过吴江水，江上洲传鹦鹉名。
鹦鹉西飞陇山去，芳洲之树何青青。
烟开兰叶香风暖，岸夹桃花锦浪 [2] 生。
迁客 [3] 此时徒极目，长洲孤月向谁明 [4]。

注释

[1] 鹦鹉洲：旧址在今湖北汉阳长江中。祢衡曾在此作《鹦鹉赋》，故称。
[2] 锦浪：因桃花落在水上，使波纹变得像锦绣一样美丽。
[3] 迁客：被贬到外地的官员，指作者自己。
[4] 向谁明：照何人之意。

和乐天鹦鹉

〔唐〕刘禹锡

养来鹦鹉觜 [1] 初红，宜在朱楼绣户 [2] 中。

频学唤人缘性慧，偏能识主为情通。

敛毛睡足难销日，觯翅 [3] 愁时愿见风。

谁遣聪明好颜色，事须安置入深笼。

注释

[1] 觜：通"嘴"。

[2] 朱楼绣户：指豪门贵族之家。

[3] 觯（duǒ）翅：垂下翅膀。

◎鹦鹉

鹦鹉是鹦形目鸟类，别名鹦哥，典型的攀禽，羽毛艳丽，善学人语。鹦鹉在世界各地都有分布，主要分布于热带森林中。鹦鹉种类较多，如紫蓝金刚鹦鹉、葵花凤头鹦鹉、亚马孙鹦鹉、虹彩吸蜜鹦鹉、鸡尾鹦鹉、虎皮鹦鹉、牡丹鹦鹉、折衷鹦鹉、非洲灰鹦鹉等。全世界最大的鹦鹉是紫蓝金刚鹦鹉，最小的是蓝冠短尾鹦鹉。

鹦鹉的食物主要是植物果实、种子、坚果、浆果、嫩芽嫩枝等，兼食少量昆虫，而吸蜜鹦鹉则主要采食花粉、花蜜，也食用一些多汁的果实。鹦鹉在采食过程中，常用钩状喙嘴与双足配合完成，吃食物时，还会用一只脚当"手"，握着食物，放入口中。

鹦鹉的寿命较长，一般的小型鹦鹉可以活7~20年，大中型鹦鹉的平均寿命是30~60年，有一些中型鹦鹉甚至可以活到80岁。目前世界上最长寿的鹦鹉是一只生于英国利物浦的亚马孙鹦鹉，活了105岁。

鹦鹉非常聪明，善于学习，经过训练可以表演不少节目，常被作为宠物饲养。鹦鹉能学习人类语言，这只是一种条件反射、机械模仿，它并不懂得人类语言的含义。

鹦鹉很受我国古代诗人的欢迎，有不少文人墨客留下很多歌咏鹦鹉的诗词。如来鹄的《鹦鹉》："色白还应及雪衣，嘴红毛绿语仍奇。"冯延巳的《虞美人·玉钩弯柱调鹦鹉》"玉钩弯柱调鹦鹉，宛转留春语。"韦庄的《归国遥·春欲暮》："惆怅玉笼鹦鹉，单栖无伴侣。"

池鹤二首

〔唐〕白居易

其一

高竹笼前无伴侣，乱鸡群里有风摽。

低头乍恐丹砂 [1] 落，晒翅常疑白雪销。

转觉鸬鹚 [2] 毛色下，苦嫌鹦鹉语声娇。

临风一唳 [3] 思何事？怅望青田云水遥。

其二

池中此鹤鹤中稀，恐是辽东老令威。

带雪松枝翘膝胫，放花菱片缀毛衣。

低徊且向笼间宿，奋迅终须天外飞。

若问故巢知处在，主人相恋未能归。

注释

[1] 丹砂：朱砂，一种矿物质，色深红。这里指鹤头顶的红色部分。
[2] 鸬鹚：一种水鸟，嘴扁而长，下喉有囊，善捕鱼。被驯化后用来捕鱼，
我国南方多有饲养。
[3] 唳：鸣叫。

◎鹤

鹤是对鹤科鸟类的通称，分为鹤亚科和冕鹤亚科。鹤亚科在除南美洲以外的各大陆均有分布，东亚种类最多。我国是鹤类最多的国家，有九种，即丹顶鹤、灰鹤、蓑羽鹤、白鹤、白枕鹤、白头鹤、黑颈鹤、赤颈鹤、沙丘鹤，均是国家重点野生保护动物。冕鹤亚科特产于非洲，与其他鹤的最大不同在于，它可以在树上栖息。

鹤的外形特征是头小颈长，头顶颊部及眼睛为红色，嘴长而直，脚细长多为青色，羽毛多为白色或灰色，叫声洪亮。

鹤主要栖息在沼泽、浅滩、芦苇塘等湿地，多群居或双栖，善于奔跑飞翔。我国的鹤属于迁徙鸟类，除黑颈鹤与赤颈鹤生活在青藏、云贵高原外，其他的鹤会在十月下旬迁徙到长江流域一带，第二年春天，再飞回北方。鹤的主要食物是小鱼虾、昆虫、蛙蚧、软体动物等，也吃植物的根茎、种子、嫩芽等。

鹤也叫仙禽、仙鹤，在我国文化中有着崇高的地位，尤其是丹顶鹤，是长寿、吉祥、高雅的象征，常与神仙联系在一起。人们常将鹤与松树一起入画，象征着延年益寿，多用来祝福老人。中国人还习惯把老人的去世称为驾鹤西游。此外，鹤也象征品德高尚的贤能之士，这样的人被称为"鹤鸣之士"。

见薛大臂鹰作 [1]

〔唐〕高适

寒楚十二月，苍鹰八九毛 [2]。
寄言燕雀莫相啅 [3]，自有云霄万里高。

注释

[1]《见薛大臂鹰作》：一说为李白作。
[2] 八九毛：羽毛凋零。
[3] 啅（zhuó）：通"啄"。

饥鹰词

〔唐〕章孝标

遥想平原兔正肥，千回砺吻 [1] 振毛衣 [2]。
纵令啄解丝绦结，未得人呼不敢飞。

注释

[1] 砺吻：打磨鹰的嘴。
[2] 振毛衣：振翅而飞。

◎鹰

鹰是隼形目、鹰科鹰属、猛禽类动物，被称为"空中霸主""鸟中霸王"。鹰的种类较多，我国常见的种类有苍鹰、雀鹰、松雀鹰。鹰是食肉性动物，能捕捉老鼠、蛇、野兔或小鸟等。除南极洲外，鹰分布在世界上的每一个大陆，生活在沙漠、丛林、沼泽地、树林、高山、海滨等地。鹰一般是白天猎食，晚上休息。大多数的鹰将巢筑在树上，也有在悬崖上筑巢的。

鹰的嘴巴有倒钩，便于捕猎，甚至能够撕碎动物的骨肉。很早以前，我国就有人通过驯养鹰，让其帮助捕猎。打猎时，鹰一般站在猎人的肩膀或者手臂上，一旦发现猎物，听到主人的命令，就会迅速出击将猎物捕获。鹰的视力非常好，飞翔速度快，一般的猎物很难逃脱它的利爪。

鹰的形象可以追溯到原始社会的图腾崇拜。在古代军事上，鹰是战神的象征，如《列子·黄帝篇》中记载："黄帝与炎帝战于阪泉之野，帅熊、罴、狼、豹、貙、虎为前驱，雕、鹖、鹰、鸢为旗帜。"由于鹰的强健和善飞，也常用来形容博大的胸怀和无畏的气概，如"鹰击长空，鱼翔浅底"便表达了一种开阔的境界和博大的胸怀。

有不少国家的国旗和国徽也采用鹰的图案，甚至古代埃及托勒密王朝的国玺都是采用鹰的形象。

孔雀

〔唐〕李郢

越鸟青春好颜色，晴轩入户看呫衣[1]。

一身金翠画不得，万里山川来者稀。

丝竹惯听时独舞，楼台初上欲孤飞。

刺桐[2]花谢芳草歇，南国同巢应望归。

注释

[1] 呫（tiè）衣：舔羽毛。

[2] 刺桐：树名，落叶乔木，因枝干间有圆锥形皮刺，故名。

◎孔雀

孔雀是鸡形目雉科、孔雀属鸟类，主要有三种：绿孔雀、蓝孔雀、刚果孔雀。绿孔雀又名爪哇孔雀，分布在东南亚。蓝孔雀又名印度孔雀，分布于印度和斯里兰卡，雄性颈部为宝蓝色，尾屏为绿色。蓝孔雀还有白孔雀和黑孔雀两个变种。刚果孔雀分布于非洲热带地区，雄性体为黑色，头顶具白色簇羽，雌性为绿色或棕色。

孔雀被称为"百鸟之王"，是非常美丽的观赏性鸟类。雄性孔雀尾上覆羽特别长，平时收拢，展开时绚丽多彩的羽毛能反射光彩，非常耀眼。雌性孔雀无尾屏，羽毛暗褐且有杂斑。

孔雀主要栖息在灌木和落叶林地区，喜欢生活在开阔的水域附近，多成对出现，也有三五成群的。孔雀是杂食性鸟类，主要吃种子、稻谷等，也吃昆虫、水果等。孔雀在地面筑巢，晚上则在树上栖息。

孔雀开屏虽然很美，但对于孔雀来说其实不是为了美。孔雀开屏有两个原因：一是为了向雌孔雀表达爱意，二是为了保护自己。孔雀尾屏上有许多像眼睛一样的斑纹，可以用来吓唬敌人。

孔雀在古代是尊贵的象征。在东方传说中，孔雀与大鹏一样，是由"百鸟之长"的凤凰孕育而生的。而在西方神话中，孔雀是天后赫拉的圣鸟。赫拉在罗马神话中被称为朱诺，因此孔雀也被称为"朱诺之鸟"。

桂林路中作

〔唐〕李商隐

地暖无秋色，江晴有暮晖。
空余蝉嘒嘒[1]，犹向客依依。
村小犬相护，沙平僧独归。
欲成西北望，又见鹧鸪飞[2]。

注释

[1] 嘒嘒：拟声词，指声音微小。
[2] 鹧鸪飞：张华注《禽经》："子规，啼必北向。鹧鸪飞，必南翔。"

菩萨蛮·曲门[1]南与鸣珂接

〔宋〕贺铸

　　曲门南与鸣珂[2]接。小园绿径飞胡蝶。下马访婵娟[3]。笑迎妆阁前。

　　鹧鸪声几叠。滟滟金蕉叶。未许被香鞯[4]。月生楼外天。

注释

[1] 曲门：指闺房之门。

[2] 鸣珂：显贵者所乘之马以玉为饰，行则作响，因以名之。

[3] 婵娟：代指美丽的妇人。

[4] 鞯：马鞍子下的垫子。

◎ 鹧鸪

鹧鸪是鸡形目雉科、鹧鸪属的鸟类。鹧鸪主要生活在草被茂密以及有灌木丛的低山丘陵地带，是一种杂食性鸟类，以植物嫩芽、果实、种子、蚂蚁、蚱蜢等为主要食物。鹧鸪种类较多，主要有中华鹧鸪、红嘴鹧鸪、灰翅鹧鸪、白喉鹧鸪、黑鹧鸪、肯尼亚鹧鸪、哈伍德氏鹧鸪、沼泽鹧鸪、安哥拉鹧鸪等。我国主要有中华鹧鸪和山鹧鸪两大类。

鹧鸪脚爪强健，善于在地上行走，虽然不常飞行，但飞行速度很快。鹧鸪的警惕性很高，常隐藏在草丛或灌木丛里，不易被发现。鹧鸪听觉和视觉发达，具有好斗性。

鹧鸪的叫声嘶哑，听起来有点像"行不得也哥哥"，因此，容易引起在外游子的离愁别绪。在诗词中，鹧鸪就成了人们寄托哀愁和思念的象征。我国古代有很多诗词与鹧鸪有关，如郑谷写过"暖戏烟芜锦翼齐，品流应得近山鸡"；谢逸写过"琴书倦，鹧鸪唤起南窗睡"；李白写过"宫女如花满春殿，只今惟有鹧鸪飞"等。

粉蝶儿慢·宿雾藏春

〔宋〕周邦彦

宿雾藏春，余寒带雨，占得群芳开晚。艳初弄秀，倚东风娇懒。隔叶黄鹂传好音，唤入深丛中探。数枝新，比昨朝、又早红稀香浅。

眷恋，重来倚槛，当韶华 [1]。未可轻辜双眼。赏心随分 [2] 乐，有清尊檀板 [3]。每岁嬉游能几日，莫使一声歌欠。忍因循，片花飞、又成春减。

注释

[1] 韶华：美好的时光，指春光。
[2] 随分：随意。李清照的《鹧鸪天》有"不如随分尊前醉，莫负东篱菊蕊黄"之句。
[3] 檀板：檀木拍板。杜牧的《自宣州赴官入京，路逢裴坦判官归宣州，因题赠》有"画堂檀板秋拍碎，一引有时联十觥"之句。

柳

〔唐〕李商隐

动春何限叶，撼晓几多枝？
解有^[1]相思否？应无不舞时！
絮飞藏皓蝶^[2]，带^[3]弱露黄鹂。
倾国宜通体^[4]，谁来独赏眉^[5]？

注释

[1] 解有：能有。
[2] 皓蝶：白色的蝴蝶。
[3] 带：柳条。
[4] 通体：整体，全身。
[5] 眉：柳叶。

◎黄鹂

黄鹂是雀形目黄鹂科鸟类，黄鹂科共有29种亚种。黄鹂为中型鸣禽，喙较长，大约与头等长，鼻孔裸露，盖以薄膜，羽毛鲜艳，多为黄、红、黑等颜色的组合。黄鹂栖息在树上，在枝杈间编制碗状巢。黄鹂为杂食性益鸟，善于捕虫，以昆虫、浆果等为主食。黄鹂主要生活在阔叶林中，多为留鸟，不随季节变化迁徙。黄鹂胆小机警，很少到地面活动，平时多在树林间穿飞觅食。

黄鹂一般在春天繁殖，繁殖期间，雄鸟鸣声清脆悦耳，雄鸟和雌鸟共同筑巢。黄鹂每窝产卵4~5枚，卵为粉红色，且具有玫瑰色斑纹。

我国最常见的黄鹂是黑枕黄鹂，在民间也被称为黄莺，通体鲜黄色，脸侧至头后有一条宽的黑纹，翅膀和尾羽多为黑色。

由于黄鹂的叫声清脆，且羽毛鲜丽，历来受到文人的青睐。如白居易在《钱塘湖春行》中写道："几处早莺争暖树，谁家新燕啄春泥。"

蓝田溪杂咏二十二首·衔鱼翠鸟

〔唐〕钱起

有意莲叶间，瞥然 [1] 下高树。
擘波 [2] 得潜鱼，一点翠光去 [3]。

注释

[1] 瞥然：忽然。
[2] 擘波：分开波浪。
[3] 一点翠光去：形容翠鸟抓到鱼后疾飞而去。

翠鸟

〔汉〕蔡邕

庭陬^[1]有若榴，绿叶含丹荣^[2]。
翠鸟时来集，振翼修形容。
回顾生碧色，动摇扬缥青^[3]。
幸脱虞人机，得亲君子庭。
驯心^[4]托君素^[5]，雌雄保百龄。

注释

[1] 庭陬：庭院的角落。
[2] 丹荣：红色的花。
[3] 缥青：青白色。
[4] 驯心：温顺的心。
[5] 君素：君子的真情。

◎翠鸟

翠鸟是属佛法僧目翠鸟科的鸟类，又称鱼虎、鱼狗等，广泛分布在世界各地，主要种类有普通翠鸟、白腹翠鸟、蓝翠鸟、斑头大翠鸟、三趾翠鸟等。我国有斑头大翠鸟、蓝耳翠鸟和普通翠鸟三种。

翠鸟性格孤僻，常独自栖息，主要有水栖和林栖两种类型。水栖翠鸟主要在池塘、沼泽等处觅食，多以鱼、虾、昆虫为食，也吃甲壳类和水生昆虫。翠鸟常安静地栖息在水中植物或水边的岩石上，一旦发现食物，就会以闪电般的速度飞起进行捕捉，常常水波还在荡漾，翠鸟已经叼起食物飞远了。林栖翠鸟生活在树林中，主要以昆虫为食。

翠鸟的叫声清脆，喜欢贴着水面疾飞。翠鸟的嘴巴又尖又长，眼睛能在进入水中之后迅速调整在水中造成的视觉反差，因此，在水中也能保持良好的视力，为其捕鱼提供了便利。

翠鸟在我国诗人笔下也经常出现，如刘辰翁《最高楼》中的"已无翠鸟传花信，又无羯鼓与花听"；吴龙翰《心远堂》中的"翠鸟鸣高枝，白鱼游深渊"；宋祁《白兆山桥亭》中的"度日衔花翔翠鸟，经年支榻养灵龟"等。

画眉鸟

〔宋〕欧阳修

百啭千声随意移，山花红紫树高低 [1]。
始知锁向金笼 [2] 听，不及林间自在啼。

注释

[1] 树高低：在树林间时高时低地飞。
[2] 金笼：贵重的鸟笼。

◎画眉

画眉是雀形目画眉科鸟类，身上主要为棕褐色，眼圈白色，上缘向后延伸形成白色弧形眉纹，故名"画眉"。画眉为中国特产鸟类，主要分布在我国，国外仅见于老挝、越南北部。画眉为留鸟，在我国主要分布在甘肃、陕西、河南以南的长江流域、华东、华南、西南等地。

画眉主要栖息于低山丘陵以及山脚平原的矮树丛和灌木丛，也出现在城郊或村落附近的灌木丛或庭院中。画眉常单独或成对活动，偶尔有小群。画眉为杂食性鸟类，主要食物为金龟甲、蝗虫、松毛虫等多种农林害虫，也吃植物种子和果实。

画眉生性胆怯，喜欢隐蔽，常在树林间飞行，或者在茂密的树梢间鸣叫。雄鸟叫声优美动听，雌鸟的叫声单调。画眉由于叫声婉转悠扬，并能模仿其他鸟类鸣叫，被誉为"鹛类之王"。因此，它常被人捕来饲养，致使数量大量减少。

画眉的叫声略似"如意如意"，古人也称之为"如意鸟"。不少人写下了很多描写画眉的诗作，如欧阳修在《画眉鸟》中"百啭千声随意移，山花红紫树高低"，描写了画眉在花间树上的"百啭千声"。也有不少画家以画眉为题材，借以表现春夏之间的生机和景象，如清代画家华嵒绘有《画眉鸣春图》等。

蚊子

〔唐〕皮日休

隐隐聚若雷，嘬[1]肤不知足。
皇天若不平，微物教食肉。
贫士无绛纱，忍苦卧茅屋。
何事觅膏腴？腹无太仓[2]粟！

注释

[1] 嘬（zǎn）：叮、咬。
[2] 太仓：指胃。

◎蚊子

蚊子是昆虫纲双翅目的蚊科生物，蚊科生物种类较多，有三千多种。除南极洲外，几乎分布在世界各地。雌蚊以血液为食，雄蚊以植物汁液为食。雌蚊是登革热、疟疾、黄热病、丝虫病、日本脑炎等其他病原体的中间寄主。因此，蚊子在我国属四害之一。

蚊子靠敏锐的嗅觉寻找食物，能够探测到人类和其他动物呼出的二氧化碳以及汗液里的化学物质。雌蚊吸血时会先注入唾液，它的唾液中含有一种舒张血管和抗凝血作用的物质，能够防止吸入口器中的血液凝固。蚊子是靠针管一样的口器吸食血液，因此，人们常说的蚊子"咬人"是不对的。蚊子通常在凌晨和黄昏最为活跃。

蚊子的寿命较短，雌性比雄性寿命长一些。雌蚊吸饱一次血能产一次卵，一次可产卵二三百粒。雌蚊一般把卵产在水面，两天后孵化为水生的幼虫，即孑孓。孑孓生活在水里，以水中的藻类为食。

蚊子不但吸血，其"嗡嗡"的叫声也扰人睡眠。我国古代不少诗人也在诗中表达了自己的烦恼，如皮日休的《蚊子》有"隐隐聚若雷，嚼肤不知足"之句；杨万里的《宿潮州海阳馆独夜不寐》有"腊前蚊子已能歌，挥去还来奈尔何。一只搅人终夕睡，此声原自不须多"的烦恼。

国风·齐风·鸡鸣

〔先秦〕《诗经》

鸡既鸣矣，朝 [1] 既盈 [2] 矣。
匪鸡则鸣，苍蝇之声。
东方明矣，朝既昌矣。
匪东方则明，月出之光。
虫飞薨薨 [3]，甘 [4] 与子同梦 [5]。
会 [6] 且归矣，无庶予子 [7] 憎 [8]。

注释

[1] 朝：朝堂。
[2] 盈：满，指上朝的人到齐了。
[3] 薨薨：虫子群飞的声音。
[4] 甘：愿。
[5] 同梦：同睡。
[6] 会：朝会。
[7] 子：你。
[8] 憎：厌恶。

◎苍蝇

苍蝇是双翅目蝇科昆虫，典型的完全变态昆虫，会经过卵、幼虫、蛹、成虫四个变态过程。苍蝇分布在世界各地，共有64科34800余种，主要有家蝇、市蝇、麻蝇、肉蝇等。苍蝇有复眼2只，单眼3只，两眼之间距离的远近是识别雌雄蝇的标志。

苍蝇食性较杂，多以腐败物为食，嗜好甜食，进食时会污染食物。苍蝇身上携带着各种细菌，是众多疾病的传播者。苍蝇虽生活在较差的环境中，但不会生病，因为苍蝇有独特的消化道，当吃了带有细菌的食物后，能在消化道内快速处理并将细菌和废物排出体外。大多数细菌来不及繁殖就被排出体外了。

苍蝇还具有一次交配可终身产卵的特性，其繁殖能力惊人，一年内可繁殖10~12代。

苍蝇的身体结构很独特，没有鼻子，它们的味觉器官在脚上。因此，苍蝇找到食物后，就会用脚先来尝尝味道。苍蝇为了品尝食物的味道，脚上会沾有很多杂物，为了不影响飞行，同时也为了保持味觉的灵敏，苍蝇会不停地搓脚。

捕蝗

〔唐〕白居易

捕蝗捕蝗谁家子？天热日长饥欲死。
兴元兵伤阴阳，和气蛊蠹[1]化为蝗。
始自两河[2]及三辅[3]，荐食[4]如蚕飞似雨。
雨飞蚕食千里间，不见青苗空赤土。
河南长吏言忧农，课人昼夜捕蝗虫。
是时粟斗钱三百，蝗虫之价与粟同。
捕蝗捕蝗竟何利，徒使饥人重劳费。
一虫虽死百虫来，岂将人力竞天灾？
我闻古之良吏有善政，以政驱蝗蝗出境。
又闻贞观之初道欲昌，文皇仰天吞一蝗。
一人有庆兆民[5]赖，是岁虽蝗不为害。

注释

[1] 蛊蠹：指蝗虫卵。蛊，传说中的蠹虫。蠹，害虫。
[2] 两河：指河东、河内两郡。
[3] 三辅：汉代京兆尹、左冯翊、右扶风的总称。
[4] 荐食：蚕食，吞食。
[5] 兆民：老百姓，民众。

◎蝗虫

蝗虫是直翅目蝗科昆虫，也被称为蚱蜢、蚂蚱等。蝗虫种类很多，全世界超过10000种，分布于热带、温带的草地和沙漠地区。蝗虫的前翅狭窄却坚韧，盖在后翅上，后翅很薄，适于飞行，后肢发达，善于跳跃。蝗虫被称为飞行高手，每小时能飞行4000米左右，可以连续飞行几十个小时。蝗虫喜啃食植物，尤其是树叶和农作物的枝叶等，是农业害虫。当成片的蝗虫出现时，很容易造成"蝗灾"，所过之处寸草不生，给农业生产带来极大的危害。

蝗虫的颜色主要有绿色、灰褐色等，有时也会根据环境的不同而发生改变。蝗虫的触角是其嗅觉器官和触觉器官，听觉器官是腹部第一节两侧的半月形薄膜。蝗虫主要有长角蝗虫和短脚蝗虫两大类。长角蝗虫体型较大，更善于飞行，但短角蝗虫更常见，两种蝗虫都会发出"吱吱"的叫声。

蝗虫常在夏、秋两季繁殖，其繁殖能力惊人，喜欢把卵产在温暖、干燥的土壤中。越是干旱的年份，越适合蝗虫卵的孵化和生长。蝗虫会像蚕一样在成长过程中不断蜕皮，每蜕一次皮就会长大一些。蝗虫的一生一般会经历五次蜕皮。

作为害虫，我国古代便有各种灭蝗方法。在《诗经》中有"田祖有神，秉畀炎火"的记载，即"火烧法"。汉代有"沟坎法"，即在路旁、地头挖沟，把蝗虫驱赶到沟里，用土掩埋。到了宋代，灭蝗技术更进一步，出现了"掘种法"，即把蝗虫卵从地下挖出毁掉。

题净眼[1]师房

〔唐〕王昌龄

白鸽飞时日欲斜，禅房寂历饮香茶。

倾人城，倾人国[2]，斩新[3]剃头青且黑。

玉如意，金澡瓶[4]，朱唇皓齿能诵经，吴音唤字更分明。

日暮钟声相送出，袈裟挂著箔帘钉。

注释

[1] 净眼：僧人法名。

[2] 倾人城，倾人国：汉代李延年善歌舞，曾歌："北方有佳人，绝世而独立。一顾倾人城，再顾倾人国。宁不知倾城与倾国？佳人难再得。"

[3] 斩新：崭新。

[4] 澡瓶：佛家用语，净手用的贮水瓶。

满江红·初春

〔宋〕张先

　　飘尽寒梅，笑粉蝶、游蜂未觉[1]。渐迤逦、水明山秀，暖生帘幕。过雨小桃红未透，舞烟新柳青犹弱。记画桥、深处水边亭，曾偷约[2]。

　　多少恨，今犹昨。愁和闷，都忘却。拚从前烂醉，被花迷著。晴鸽试铃风力软，雏莺弄舌春寒薄。但只愁、锦绣闹妆时，东风恶。

注释

[1] 笑粉蝶、游蜂未觉：化用杜甫《敝庐遣兴，奉寄严公》中的"风轻粉蝶喜，花暖蜜蜂喧"之句。

[2] 偷约：暗中相约。

◎鸽子

　　鸽子是鸽形目鸠鸽科鸟类，种类较多，广泛分布在世界各地，有家鸽和野鸽之分。鸽子善于飞行，主要以谷物为食，羽毛颜色主要有青、白、黑、绿、花、瓦灰等。

　　鸽子成年后，遵循"一夫一妻"制，一旦选择了配偶，就会形影不离，感情非常专一。雌、雄鸽会共同筑巢、孵卵和育雏。雏鸽孵化出来后，雌、雄鸽口腔内都会分泌"鸽乳"，这种"鸽乳"便是雏鸽的食物。

　　鸽子的记忆力很强，具有返回栖息地的能力。因此人们利用它的这一属性，训练其成为信鸽。

　　鸽子也是世界公认的和平的象征。而鸽子成为这一象征，毕加索功不可没。1940年，德国法西斯攻占巴黎。毕加索的邻居米什老人的儿子在保卫巴黎的战斗中牺牲。老人的孙子平时用白布条作为信号招引自己养的鸽子，当他得知父亲牺牲后把表示投降的白布条换成了红布条。醒目的红布条引起了法西斯的注意，他们把孩子扔到楼下摔死在街头，还把孩子养的鸽子全部杀死。老人为了纪念孙子，请求毕加索画一只鸽子。毕加索毫不犹豫地为老人画了一只飞翔的鸽子。在1950年的世界和平大会上，毕加索又画了一只衔着橄榄枝的飞鸽，智利诗人聂鲁达把它叫作"和平鸽"，鸽子也因此正式成为和平的象征。

浣溪沙·一叶扁舟卷画帘

〔宋〕黄庭坚

一叶扁舟卷画帘，老妻学饮伴清谈，人传诗句满江南。
林下猿垂^[1]窥涤砚^[2]，岩前鹿卧看收帆，杜鹃声乱水如环。

注释

[1] 垂：倒挂或俯身。
[2] 涤砚：洗砚台。

闻王昌龄左迁龙标遥有此寄

〔唐〕李白

杨花落尽子规 [1] 啼，闻道龙标 [2] 过五溪 [3]。
我寄愁心与明月，随君直到夜郎西。

注释

[1] 子规：杜鹃。
[2] 龙标：地名，在今湖南黔阳，唐时甚偏僻。
[3] 五溪：唐代所说的五溪是指辰溪、酉溪、巫溪、沅溪、武溪。

布谷

〔宋〕周紫芝

田中水涓涓^[1]，布谷催种田，贼今在邑农在山。
但愿今年贼去早，春田处处无荒草。
农夫呼妇出山来，深种春秧答飞鸟^[2]。

注释

[1] 涓涓：细水慢流貌。
[2] 飞鸟：指布谷。

◎杜鹃

杜鹃俗称布谷鸟，也叫杜宇、子规、催归等，因其总是朝向北方鸣叫，尤其是六七月份，昼夜不停，声音哀切，故有杜鹃啼归之说。杜鹃属鹃形目杜鹃科鸟类，杜鹃科鸟类主要分布在全球的温带和热带地区，东半球热带地区种类最为丰富。

杜鹃胆怯，常栖息于茂密的枝叶间。因此，人们常能听见其悦耳的叫声却见不到它们的身影。杜鹃的外形和飞行姿势有点像小型的鹰类，这样可以吓唬其他的鸟类。

杜鹃是鸟类中非常不负责任的"父母"，它们不自己筑巢孵化，也不养育自己的后代。它们通常将蛋偷偷地产在其他鸟类的巢中，且为了避免被发现，下蛋速度非常快，一般只要几秒钟。有的杜鹃下蛋后还会叼走一颗原来鸟巢中的蛋。小杜鹃被"养父母"孵化出来后，甚至还没睁开眼睛，就会用背部将巢里的其他鸟蛋或幼鸟拱到巢外，以便独享"养父母"的爱。我国成语"鸠占鹊巢"中的鸠，其实说的就是杜鹃。

杜鹃在养育后代上的"懒"为其赢得了"恶鸟"的名声，但杜鹃实际上当属一种益鸟。据科学家统计，杜鹃在一小时内能捕食约100条蛾类幼虫，几只杜鹃就能保护一片树林，使其免受虫害。

每年的春天，杜鹃会发出"布谷、布谷"的叫声，好像在提醒人们及时播种，古人将其视为吉祥鸟。传说杜鹃是望帝杜宇死后变的，之所以日夜啼叫，是为了给人们催春降福。李商隐在《锦瑟》中说："庄生晓梦迷蝴蝶，望帝春心托杜鹃。"也有传说杜宇是被迫让位给臣子，自己隐居山林，死后灵魂化为杜鹃，深夜哀啼泣血。在古诗词中，杜鹃也就成了哀怨、凄凉的象征。如王令在《送春》中言"子规夜半犹啼血，不信东风唤不回"。

素描——杜鹃

林下猿垂窥涤砚，
岩前鹿卧看收帆，
杜鹃声乱水如环。

——〔宋〕黄庭坚

风流子·秋郊射猎

〔清〕纳兰性德

平原草枯矣，重阳后，黄叶树骚骚 [1]。记玉勒 [2] 青丝 [3]，落花时节，曾逢拾翠 [4]，忽听吹箫。今来是，烧痕残碧尽，霜影乱红凋。秋水映空，寒烟如织，皂雕飞处，天惨云高。

人生须行乐，君知否。容易两鬓萧萧。自与东风作别，划地 [5] 无聊。算功名何似，等闲博得，短衣射虎 [6]，沽酒西郊。便向夕阳影里，倚马挥毫。

注释

[1] 骚骚：形容风声。

[2] 玉勒：玉制的马衔。

[3] 青丝：指青色丝绳做马缰。

[4] 拾翠：捡拾翠鸟羽毛作为首饰。后用来代指女子或女子游春踏青。

[5] 划地：依旧。

[6] 射虎：《史记·李将军列传》："广出猎，见草中石，以为虎而射之，中石没镞。视之，石也。因复更射之，终不能复入石矣。"杜甫有"短衣匹马随李广，看射猛虎终残年"之句。

◎雕

　　雕是大型猛禽，体型健壮，翅膀及尾羽长而宽阔，飞翔时扇翅较慢，常在山区附近的高空盘旋，伺机捕食野兔、蛇、鼠类等。雕的种类很多，有金雕、乌雕、白头海雕、白肩雕、白尾海雕、虎头海雕等。我国常见的种类则是金雕和乌雕。

　　金雕俗称洁白雕，又名鹫雕，体型较大，上体为棕褐色，下体为黑褐色，翼下有白斑，成鸟头颈部为金黄色。幼鸟驯养后可协助人类打猎。

　　乌雕俗称皂雕或花雕，全身黑褐色，体型比苍鹰大，腰部有V字形白斑。乌雕常栖息在沼泽、河川等地，喜食蜥蜴、蛙、小型鸟类、鼠类等，也吃动物尸体。

　　白头海雕又叫秃鹰、白头鹰，分布在美洲的西北海岸线，常见于内陆江河和大湖附近。白头海雕全身羽毛均为黑色，只有头部为白色，所以从远处看头好像是秃的。白头海雕凶猛异常，经常在空中向其他鸟类发起攻击，夺取他们的食物。

　　鱼雕是一种食鱼的猛禽，头和颈部都是白色的。鱼雕常活动在湖泊、河流、海域上空，若发现水中的猎物时，双脚在前，举翅俯冲，有时甚至会将整个身体冲入水中，待抓住猎物后，则会飞回到树上或巢中食用。

　　我国古代文人多在古诗词中用雕来表达自己的理想和抱负，如宋无名氏在《满庭芳·桐叶霜干》中用"雄姿英发，连箭射双雕"表达心中的豪情壮志。

国风·鄘风·鹑^[1]之奔奔

〔先秦〕《诗经》

鹑之奔奔^[2]，鹊之彊彊^[3]。
人^[4]之无良^[5]，我以为兄。
鹊之彊彊，鹑之奔奔。
人之无良，我以为君^[6]。

注释

[1] 鹑：鹌鹑。
[2] 奔奔：鹌鹑有固定的配偶，雌雄总是形影不离，相伴而飞。
[3] 彊彊：义同"奔奔"。
[4] 人：指卫宣公。
[5] 良：指品行高尚。
[6] 君：君王。

◎ 鹌鹑

　　鹌鹑是鸡形目雉科中体型相对较小的一种鸟类，又名鹑鸟、宛鹑、奔鹑、赤喉鹑。鹌鹑上体具有红褐色及黑色横纹，雄鸟颊、颏及喉为砖红色，到秋季时，会变为褐色锚状纹，雌鸟颏、喉接近白色，也会随季节而发生变化。鹌鹑常成对活动，主要生活在平原、山脚有茂密野草或者矮树丛的地方，有时也会到农田附近活动。鹌鹑主要以植物种子、嫩枝、幼芽为食，也吃昆虫。鹌鹑受惊时可做短距离飞翔。

　　中国是野鹌鹑的主要产地之一，也是最早饲养野鹌鹑的国家之一。《诗经》中就有关于鹌鹑的记载，如"鹑之奔奔""不狩不猎，胡瞻尔庭有县鹑兮？"中国最初开始驯养鹌鹑不是为了食用，而是为了赛斗和赛鸣。唐宋时期，斗鹌鹑在皇宫和民间都很盛行。据《清稗类钞·赌博类》记载："斗鹌鹑之戏，始于唐，西凉厩者进鹑于玄宗，能随金鼓节奏争斗，宫中人咸养之。"

怨王孙·湖上风来波浩渺

〔宋〕李清照

湖上风来波浩渺。秋已暮、红稀香[1]少。水光山色与人亲，说不尽、无穷好。

莲子已成荷叶老。清露洗、蘋花汀[2]草。眠沙鸥鹭不回头，似也恨、人归早。

注释

[1] 红、香：用颜色和气味指代花。
[2] 汀：水边平地。

◎鸥

　　鸥是鸻形目鸥科鸟类，别名有江鸥、海鸥、江鹅、信凫、钓鱼郎、笑鸥、赤嘴鸥等。鸥外形有些像白鸽，不过性情凶猛，长腿长嘴，脚趾间有蹼，善于游水，喜成群飞翔。生活在海边的被称为海鸥，生活在湖边或江边的叫江鸥，还有一种随海潮涨落而来去的被称为信鸥。《本草纲目》有记载："鸥者浮水上，轻漾如沤也；鹭者，鸣声也；鸮者，形似也。在海者名海鸥，在江者名江鸥，江夏人讹为江鹅也。海中一种随潮往来，谓之信凫。"

　　鸥主要以鱼、虾、水生昆虫、软体动物等为食。鸥的巢穴主要建在干草堆、芦苇丛或者平坦潮湿的土壤上，喜欢集群繁殖，每只鸥一窝产卵二至四枚，壳为淡绿色或浅褐色，上有斑点。

　　鸥在古诗词中出现的较多，多被用来表达希望脱离凡尘俗世，追求自由、闲适生活的象征。如黄庭坚的"朱弦已为佳人绝，青眼聊因美酒横。万里归船弄长笛，此心吾与白鸥盟"，杜甫的"飘飘何所似，天地一沙鸥"等。

题戴胜

〔唐〕贾岛

星点花冠 [1] 道士衣，紫阳 [2] 宫女 [3] 化身飞。
能传上界春消息 [4]，若到蓬山莫放归 [5]。

注释

[1] 花冠：戴胜头顶有彩色羽毛，展开时非常美丽。
[2] 紫阳：指紫阳观。
[3] 宫女：观中的道姑。
[4] 春消息：戴胜多出现在春天，它的出现标志着春天的到来。
[5] 莫放归：不要放回人间。

春遇南使 [1]，贻赵知音

〔唐〕岑参

端居 [2] 春心醉，襟背思树萱。
美人 [3] 在南州 [4]，为尔 [5] 歌北门。
北风吹烟物，戴胜鸣中园 [6]。
枯杨长新条，芳草滋旧根。
网丝结宝琴，尘埃被空樽。
适遇江海信 [7]，聊与南客 [8] 论。

注释

[1] 南使：往南方去的使者。
[2] 端居：平居。
[3] 美人：指思念的人，即赵知音。
[4] 南州：南方。
[5] 尔：你。
[6] 中园：园中。
[7] 江海信：从江海上过来的信使。
[8] 南客：指赵知音，当时客居在南方。

◎戴胜

戴胜是犀鸟目戴胜科鸟类。戴胜原来属于佛法僧目，在新的分类系统中，与原佛法僧目下的犀鸟科和林戴胜科独立出来组成犀鸟目。现存戴胜物种仅有1属2种，即戴胜和马达加斯加戴胜。戴胜主要分布在欧亚大陆和非洲大陆，在我国主要分布在青藏高原地区，马达加斯加戴胜主要分布在马达加斯加。

戴胜身上有黑白相间的斑纹，头顶有五彩羽毛，受到惊吓时会展开，看上去非常美丽。戴胜主要栖息于森林、平原、山地、河谷等，以昆虫及其幼虫为食。戴胜的喙又细又长，能够轻松地钻入土中把蝼蛄、金针虫等害虫掏出来，戴胜作为益鸟被人们亲切地称为"田园卫士"。

戴胜虽有漂亮的羽冠，但生活中却是非常的邋遢。戴胜从不清理堆积在巢内的脏东西和幼鸟的粪便，而且雌鸟在孵卵期间还会从尾部的尾脂腺分泌一种很臭的褐色油液，因此，戴胜还有一个俗名——"臭姑姑"。由于戴胜不讲究卫生，身上免不了有很多寄生虫，为了除去身上的寄生虫，它常常会在沙子中洗个"沙浴"。

戴胜在我国古代是吉祥的象征，戴胜鸟纹作为一种吉祥纹饰，经常出现在各种器物上，在绘画中也有不少它的形象。

曲江[1] 早春

〔唐〕白居易

曲江柳条渐无力[2]，杏园伯劳初有声。
可怜春浅[3]游人少，好傍[4]池边下马行。

注释

[1] 曲江：又名"曲江池"，因水流曲折而得名，在长安城东南隅，位于芙蓉园西部。

[2] 渐无力：指柳条一天天变长，在风中轻柔地飘动。

[3] 春浅：春天刚到。

[4] 好傍：沿着。

满江红·一枕余醒 [1]

〔元〕元好问

　　一枕余醒，厌厌 [2] 共，相思无力。人语定，小窗风雨，暮寒岑寂 [3]。绣被留欢香未减，锦书封泪红犹湿 [4]。问寸肠、能著几多愁，朝还夕。

　　春草远，春江碧。云暗淡，花狼藉。更柳绵闲飘，柳丝谁织。入梦终疑神女赋 [5]，写情除有文星笔。恨伯劳、东去燕西归，空相忆。

注释

[1] 余醒：醉酒未全醒的样子。
[2] 厌厌：酒后无力貌。
[3] 岑寂：深静。
[4] 泪红犹湿：指泪水还在。
[5] 神女赋：战国楚宋玉所作。

◎伯劳

伯劳是雀形目伯劳科鸟类，俗称屠夫鸟、胡不拉等。伯劳的最大特征是喙形大而强，上嘴先端具钩和缺刻，类似鹰嘴。翅膀相对短小，看起来呈凸尾状。脚强健有力，趾有利钩。性情凶猛，嗜吃小型兽类、鸟类、蜥蜴、鼠类等，以及各种昆虫，有"小猛禽"之称。伯劳在捕捉到食物后，会将食物挂在有刺的树枝上，然后撕碎而食，故而有"屠夫鸟"一称。

伯劳大多为留鸟，只有少数繁殖在北方的会有迁徙行为。伯劳喜单独活动，从不集结成群，主要活动在相对开阔的平原至山地林木稀疏的地带。伯劳捕食方式为"坐等型"，站在高高的树枝上，俯视四下，等待猎物出现。

常见的伯劳种类主要有红尾伯劳、虎纹伯劳、棕背伯劳、灰伯劳等。红尾伯劳尾羽呈棕红色，叫声响亮，主要以害虫为食，如蝗虫、蝼蛄等，也吃少量益虫如螳螂等。虎纹伯劳尾羽具有暗褐色的横斑，习性和红尾伯劳相似，也算益鸟。棕背伯劳是伯劳中体型较大的种类，头顶到上背为灰色，向后逐渐为棕色，上体其他部分为红棕色，翅膀和尾巴为黑色，下体大部分是白色，主要分布在我国南方各省，也是一种益鸟。灰伯劳是我国北方常见的一种大型伯劳，体型与棕背伯劳相似，以灰褐色为主，翅膀和尾巴为黑色，尾巴的外侧羽毛为鲜白色。灰伯劳善于捕食鼠类、蜥蜴以及小型鸟类等。

关于伯劳还有一个非常感人的故事。西周时太师尹吉甫因听信继妻谗言，将前妻留下的儿子伯奇杀害，

◎伯劳	伯奇的弟弟伯封十分痛心，作《黍离》之诗。尹吉甫得知真相后，十分后悔。一次外出，见到一鸟，叫声凄切，尹吉甫因思子心切，见此情景更是伤感，认为此鸟或为儿子所化，就对该鸟说："伯奇劳乎？是吾子，栖吾舆。非吾子，飞勿居。"刚说完，这鸟便飞到尹吉甫的马车上。因此，伯劳在古诗词和文学作品中多用来表达离愁别绪、伤感等。如南北朝萧衍的《东飞伯劳歌》："东飞伯劳西飞燕，黄姑织女时相见。"

冬日书事

〔宋〕魏野

一月天不暖，前村到岂能。
闲闻啄木鸟，疑是打门僧 [1]。
松色浓 [2] 经雪，溪声涩带冰。
吟余还默坐，稚子问慵 [3] 应。

注释

[1] 疑是打门僧：唐代贾岛有"鸟宿池边树，僧敲月下门"之句。
[2] 浓：苍翠。
[3] 慵：懒，不想。

省中 [1] 见树上啄木鸟戏题

〔宋〕杨万里

一啄高高一啄低，一声声急一声迟 [2]。
可怜去橐 [3] 劳心口，蚁入枯黎 [4] 自不知。

注释

[1] 省中：作者写此诗时任尚书省左司郎中。
[2] 迟：缓慢。
[3] 橐：蛀虫。
[4] 蚁入枯黎：指病入膏肓，不可救药。

◎啄木鸟

啄木鸟是鸟纲䴕形目啄木鸟科鸟类的通称，种类很多，主要有橡树啄木鸟、帝王啄木鸟、大金背啄木鸟、大黄冠啄木鸟、鳞腹绿啄木鸟等。我国常见的种类主要有绿啄木鸟和斑啄木鸟等。啄木鸟是候鸟，会随季节变化而迁徙。啄木鸟主要吃天牛、吉丁虫、透翅蛾、蝽虫等害虫，一天差不多能吃掉1500条害虫，因此，啄木鸟享有"森林医生"的美誉。据统计，一对啄木鸟可以保护13.3公顷的森林。

啄木鸟的喙又坚又硬，如同一把锋利的锥子，能够很容易凿开树皮。啄木鸟的脖子很短，但肌肉发达，便于其啄树干时能够持续而强劲地发力。一般鸟类的爪子是三趾向前，一趾向后，而啄木鸟的爪子是两趾向前，两趾向后，趾尖上有锐利的钩爪，能牢牢地抓住树干。啄木鸟的尾巴末端整齐，两边有硬毛，在其进行捉虫时可以起到支撑作用。

啄木鸟可以通过敲击树干发出的声音判断虫子的位置。啄木鸟在捕食虫子时，如果虫子的位置较深，啄木鸟还会利用声波对虫子进行骚扰，即用坚硬的喙在虫子的周围进行敲击，使虫子感到四面受敌，就会逃出来。啄木鸟啄击树干的速度和频率都非常快，然而啄木鸟却不会得脑震荡。这与啄木鸟头部结构有关系，啄木鸟的头骨结构疏松充满空气，头骨内部有一层坚韧的外脑膜，外脑膜和脑髓之间有一条狭窄的空隙，里面有液体，能够起到减震的作用。啄木鸟的舌头也很特殊，会从喙的下方绕颅骨一圈，一直延伸到前额，从右鼻孔里出来，这就像给大脑绑了一条安全带。

| ◎啄木鸟 | 所以啄木鸟是用左鼻孔呼吸。啄木鸟的舌头很长而且富有弹性，长度大概是身体长度的三分之二。 |
| | 啄木鸟是消灭害虫的能手，古人在诗词中对啄木鸟多有颂扬。但也有借啄木鸟对贪官污吏进行讽刺的，如宋代马道的《啄木》："不顾泥丸及，唯贪得食多。才离枯朽木，又上最高柯。"便是借鸟喻人，讽刺贪官，马道也因此赢得了"马啄木"的称号。 |

国风·曹风·蜉蝣

〔先秦〕《诗经》

蜉蝣之羽，衣裳楚楚 [1]。
心之忧矣，于我归处 [2]！

蜉蝣之翼，采采 [3] 衣服。
心之忧矣，于我归息！

蜉蝣掘阅 [4]，麻衣如雪。
心之忧矣，于我归说！

注释

[1] 楚楚：鲜明整洁。
[2] 于我归处：哪里才是我归宿的地方！
[3] 采采：华美。
[4] 阅：穴。

水调歌头·用王冲之韵赠僧定渊

〔宋〕王之道

败屋拥破衲，惊飙漫飕飔[1]。不离当处人见，操彗[2]上蓝游。弹指九州四海，浪说其来云聚，其去等风休。莫作袈裟看，吾道惯聃丘[3]。

齐死生，同宠辱，泯春秋。高名厚利，眇若天地一蜉蝣[4]。闲举前人公案，试问把锄空手，何似步骑牛。会得个中语，净土在阎浮。

注释

[1] 飕飔：风声。

[2] 彗：扫帚。

[3] 聃丘：指老子和孔子。

[4] 蜉蝣：一种小昆虫，朝生夕死。苏轼《前赤壁赋》："寄蜉蝣于天地，渺沧海之一粟。"

◎蜉蝣

蜉蝣是蜉蝣目蜉蝣科有翅昆虫。蜉蝣很小，体形细长，长度有 3~27 毫米，是一种最原始的昆虫。蜉蝣的触角很短，复眼和前翅发达，后翅退化，腹部末端有一对很长的尾须。蜉蝣的寿命很短，一般几个小时或几天，因此，中国古人称蜉蝣"朝生暮死"。蜉蝣的幼虫在水里生活1~3年，羽化为成虫后无须进食，口器退化，无咀嚼能力。

蜉蝣可在空中飞行，有一对或两对翅膀，多为白色或淡黄色。蜉蝣和蜻蜓在某些地方有些相似，有的科学家认为它们有共同的祖先。

蜉蝣虽朝生暮死，但也绽放了生命的光彩。因此，蜉蝣很受我国文人的青睐。如《诗经》里咏"蜉蝣之羽，衣裳楚楚"，苏轼在《前赤壁赋》中言"寄蜉蝣于天地，渺沧海之一粟"等。

第三篇　水中动物

· SHUI ZHONG DONGWU ●●

清平乐·博山道中即事 [1]

〔宋〕辛弃疾

　　柳边飞鞚 [2]。露湿征衣重。宿鹭窥沙孤影动，应有鱼虾入梦。
一川明月疏星。浣纱人影娉婷。笑背行人归去，门前稚子啼声。

注释

[1] 即事：书写眼前事。
[2] 鞚：马笼头，词中指马。

◎虾

虾属于节肢动物甲壳类，有的生活在淡水，有的生活在海洋，种类很多，主要有青虾、河虾、草虾、小龙虾、明虾、基围虾、琵琶虾等。除了常见的虾，还有一些奇特的虾，如幽灵虾、双色虾、蓝壳龙虾、白色盲虾等。幽灵虾因全身透明而得名。科研人员在加勒比海以南的一处海沟发现了特别耐热的白色盲虾，这种海虾能够在450度的高温深海中畅游。

虾以鳃呼吸，鳃位于头胸部两侧，被甲壳覆盖。虾的胸部有两对触角，负责嗅觉、触觉和平衡。虾的脚较多，一般的虾会有38只脚，其中腹部有5对用来游泳。虾的尾肢与腹部最后一节合为尾扇，可以控制游泳方向。

虾因体型优美，形态多样，历来受到画家的喜爱，有很多著名的画家画过虾。此外，虾在我国古代的思想文化中，还象征着吉祥平安，也象征着拼搏的精神等。

素描——虾

柳边飞鞚。露湿征衣重。

宿鹭窥沙孤影动，应有鱼虾入梦。

——〔宋〕辛弃疾

兰溪 [1] 棹歌 [2]

〔唐〕戴叔伦

凉月如眉挂柳湾，越中山色镜中看。
兰溪三日桃花雨 [3]，半夜鲤鱼来上滩。

注释

[1] 兰溪：也称兰江，浙江富春江上游的一条支流。
[2] 棹歌：船家摇橹时所唱的歌。
[3] 桃花雨：指春雨。

泗水行

〔唐〕张籍

泗水流急石篆篆[1]，鲤鱼上下红尾短。
春冰销散日华[2]满，行舟往来浮桥断。
城边鱼市人早行，水烟漠漠[3]多棹声。

注释

[1] 篆篆：集聚貌。
[2] 日华：日光。
[3] 漠漠：弥漫。

◎鲤鱼

鲤鱼是鲤形目鲤亚科鱼类，俗称鲤拐子、鲤子、毛子、红鱼等。鲤鱼原产于亚洲，多生活在池塘、湖泊以及河流中。鲤鱼的鳞有十字纹理，所以称鲤。鲤鱼不论大小，均有三十六鳞，每一个鳞片上都有小黑点。

鲤鱼多活动在水草丛生的底部，以食底栖动物为生。鲤鱼没有较大的消化系统，且肠子较短，身体无法储存太多食物，因此，鲤鱼需要少食多餐，一天到晚不停地吃。

鲤鱼是逃生高手。如果鲤鱼被鱼钩钩住，它不会像草鱼那样左冲右撞，试图挣脱，而是会找一个有棱角的石头藏起来，等钓鱼的人收线时往相反方向用力，利用石头的棱角把鱼线割断。如果鲤鱼被渔网困住，则会利用锋利的背鳍割开渔网。如果渔网特别结实，鲤鱼还会将身体极度弯曲，利用尾鳍的高力度刺开渔网进行逃生。

鲤鱼在我国有着丰富的文化含义，多象征吉祥和幸福。它不仅象征着爱情幸福、婚姻美满等，如《诗经》中言"岂其取妻，必齐之姜？岂其食鱼，必河之鲤"。而且鲤鱼跃龙门也象征了飞黄腾达，或寄托着人们望子成龙的期盼。李白在诗中就描绘了鲤鱼跃龙门的景象，"黄河三尺鲤，本在孟津居。点额不成龙，归来伴凡鱼"。

春思

〔宋〕黄庭坚

花柳事权舆，东风刚作恶 [1]。

启明动钟鼓，睡著初不觉。

简书催秣马，行路如徇铎 [2]。

看云野思乱，遇雨春衫薄 [3]。

今日非昨日 [4]，过眼若飞雹。

光阴行腕晚，吾事益落莫。

闲寻西城道，倚杖俯墟落。

村翁逢寒食，士女飞彩索 [5]。

平生感节物，始悟身是客。

搔首念江南，拿船趁鸂鶒。

夷犹挥钓车，清波举霜鲫 [6]。

黄尘化人衣 [7]，此计诚已错。

百年政如此，岂更待经历！

注释

[1] 东风刚作恶：王建《春去曲》："就中一夜东风恶，收红拾紫无遗落。"
[2] 徇铎：《周礼·天官·小宰》："徇以木铎。"郑玄注曰："古者将有新令，必奋木铎以警众，使明听也。"
[3] 遇雨春衫薄：苏轼《青玉案·送伯固归吴中》："春衫犹是，小蛮针线，曾湿西湖雨。"
[4] 今日非昨日：李白《携妓登梁王栖霞山孟氏桃园中》："今日非昨日，明日还复来。"
[5] 士女飞彩索：温庭筠《寒食日作》："彩索平时墙婉娩，轻球落处晚寥梢。"
[6] 清波举霜鲫：韩雍《桂江鲫鱼甚巨且美，食之有作》："桂江霜鲫长如许，绝似松江一尺鲈。"
[7] 黄尘化人衣：陆机《为顾彦先赠妇》："京洛多风尘，素衣化为缁。"

◎鲫鱼

　　鲫鱼属鲤形目鲤亚科鱼类，俗名鲫瓜子、月鲫仔、土鲫、喜头、鲋鱼等，是一种常见的淡水鱼。鲫鱼的背部为灰黑色，腹部为灰白色，这样不容易被发现，可以躲避危险。因为当天敌从水上往下看时，黑色和河底的淤泥同色，水里的天敌从水下往上看时，白色的鱼肚和天空颜色相似，也很难被发现。

　　鲫鱼主要以植物为食，是一种杂食性鱼类，除了植物，还吃小虾、蚯蚓、昆虫等。鲫鱼的采食时间会随季节的变化而有不同。春季是鲫鱼的采食旺季，它们会昼夜不停地采食；夏季的采食时间为早、晚和夜间；秋季全天采食；冬季则在中午前后采食。

　　鲫鱼喜欢群居，它们会在水草茂盛的地方寻找食物，遇到丰富食料的地方，就会暂时栖息下来。

　　鲫鱼在古诗词中也经常出现。如梅尧臣《戏酬高员外鲫鱼》中的"天池鲫鱼长一尺，鳞光鬣动杨枝磔"，苏轼《去杭十五年复游西湖用欧阳察判韵》中的"我识南屏金鲫鱼，重来拊槛散斋余"，蒲寿宬《又渔父词》中的"白水塘边白鹭飞，龙湫山下鲫鱼肥"等。

惠崇春江晓景二首·其一

〔宋〕苏轼

竹外桃花三两枝，春江水暖鸭先知。
蒌蒿^[1]满地芦芽^[2]短，正是河豚^[3]欲上时。

注释

[1] 蒌蒿：植物，可食用。
[2] 芦芽：芦苇的嫩芽，可食用。
[3] 河豚：鱼的一种，每年春天会逆江而上，在淡水中产卵。

春日斋居漫兴二首·其二

〔明〕文征明

深巷无人昼掩扉^[1]，新晴庭院绿阴肥。

柳风吹絮河豚上，花雨沾泥海燕飞^[2]。

残睡未能消卯酒，乍暄^[3]聊得试罗衣。

春光绿遍江南草，多少王孙怨不归^[4]。

注释

[1] 扉：柴门。

[2] 花雨沾泥海燕飞：陆游《晚步湖上》："沾泥花半落，掠水燕交飞。"

[3] 暄：暖。

[4] 多少王孙怨不归：化用淮南小山的《招隐士》："王孙游兮不归，春草生兮萋萋。"

◎河豚

河豚是鲀形目鲀科鱼类，俗称气泡鱼、吹肚鱼、河豚鱼、蛤乖鱼、气鼓鱼等，古时称为肺鱼。河豚种类较多，主要有虫纹东方鲀、铅点东方鲀、月腹刺鲀、红鳍东方鲀、暗纹东方鲀等。

河豚并不生活在河里，而是生活在暖温带以及热带的海中。河豚的身体为椭圆形，体表长有小刺或白色斑点。河豚口小，但上下齿各有两颗似人牙的牙齿，非常坚硬，甚至能轻松咬断铁丝。河豚不善游泳，遇到危险时，会迅速吸入水和空气，在短时间内膨胀数倍，将敌人吓跑。

河豚为杂食性鱼类，除各种海藻和植物叶片外，还吃鱼、虾、蟹以及贝类动物。河豚捕食时会吹动水，使泥沙飞起，然后趁机捕食躲在沙中的动物。河豚在身体接触或密度过高时，会有疯狂撕咬的习性。

河豚具有剧毒，其毒性是氰化钠的1250倍，是迄今为止自然界中发现的毒性最强的非蛋白质之一。河豚的毒素主要集中在卵巢、肝脏、血液中，眼睛、鳃、皮肤中也含有毒素，个别种类的河豚肌肉中也含有毒素。河豚的毒性还会随季节变化，一般春季产卵时期毒性最强。河豚虽有毒，但由于肉质鲜美，仍有不少人冒着生命危险去尝试。我国古代有不少文人骚客在诗词中写到河豚。如黄机的《木兰花慢》"剩买蓘蒿荻笋，河豚已上渔舟"，王之道的《南乡子》"出网河豚美更肥"等。

浣溪沙·渔父

〔宋〕苏轼

　　玄真子《渔父词》极清丽，恨其曲度不传，故加数语，令以《浣溪沙》歌之。

　　西塞山[1]边白鹭飞。散花洲[2]外片帆微。桃花流水鳜鱼[3]肥。自庇[4]一身青箬笠，相随到处绿蓑衣。斜风细雨不须归。

注释

[1] 西塞山：又名道士矶，在今湖北省。
[2] 散花洲：在今湖北省浠水县。《读史方舆纪要》卷七十六："散花洲在西塞山侧，临江。相传周瑜战胜于赤壁，吴王散花劳军，亦名散花滩。"
[3] 鳜鱼：又名桂鱼。
[4] 庇：遮蔽。词中是戴的意思。

思故山

〔宋〕陆游

千金不须买画图，听我长歌歌镜湖^[1]。
湖山奇丽说不尽，且复为子陈吾庐^[2]。
柳姑庙^[3]前鱼作市，道士庄^[4]畔菱为租^[5]。
一弯画桥出林薄，两岸红蓼连菰蒲^[6]。
陂^[7]南陂北鸦阵黑，舍西舍东枫叶赤。
正当九月十月时，放翁艇子^[8]无时出。
船头一束书，船后一壶酒，
新钓紫鳜鱼，旋洗白莲藕。
从渠^[9]贵人食万钱，放翁痴腹常便便^[10]。
暮归稚子迎我笑，遥指一抹西村烟。

注释

[1] 镜湖：又名鉴湖，在今浙江省。
[2] 庐：简陋的居室，指陆游的家。
[3] 柳姑庙：地名。
[4] 道士庄：地名。
[5] 菱为租：种菱也要交租。
[6] 菰蒲：水生植物，菰又名茭白。
[7] 陂（bēi）：山坡。
[8] 艇子：小船。
[9] 从渠：任它。
[10] 痴腹常便便：指没有心事，常吃得很饱。

◎鳜鱼

鳜鱼是鲈形目真鲌科鱼类，别称鳌花鱼、季花鱼、花鲫鱼、桂鱼、鲈桂等，主要分布在我国东部平原的江河湖泊中，是一种名贵的淡水鱼。鳜鱼是非常凶猛的肉食性鱼类，即使是刚刚孵化出来的小鱼苗，也会以其他鱼苗为食。长大后的鳜鱼以小虾、小鱼、小泥鳅等为食，在饥饿时，甚至会手足相残。鳜鱼吃食物有一个"独门绝技"，即吃完鱼、虾等后，会吐出鱼刺和虾壳。鳜鱼一般是夜间觅食，白天在水底休息。

鳜鱼对水温的适应性很强，且经常成对活动。一条鳜鱼后面常常还有另一条，像仆人一样追随着。经验丰富的垂钓者会利用鳜鱼这个特点，把已经钓到的鳜鱼置于水中遛几个来回，等后来的鳜鱼跟上来，方便一网打尽。

鳜鱼由于肉质细嫩，味道鲜美，历来被认为是鱼中上品。不少文人对鳜鱼也非常钟爱，留下了众多的诗画，其中最有代表性的要数唐代张志和的"西塞山前白鹭飞，桃花流水鳜鱼肥"。

素描—鳜<u>鱼</u>

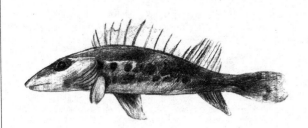

船头一束书，船后一壶酒，
新钓紫鳜鱼，旋洗白莲藕。
　　　　——〔宋〕陆游

咏蟹

〔唐〕皮日休

未游沧海[1]早知名，有骨还从肉上生。
莫道无心[2]畏雷电，海龙王处也横行[3]。

注释

[1] 沧海：大海。
[2] 无心：指螃蟹没有心肠。
[3] 横行：螃蟹横着走。比喻肆无忌惮。

钓蟹

〔宋〕梅尧臣

老蟹饱经霜，紫螯青石[1]壳。

肥大窟深渊，曷虞[2]遭食沫。

香饵与长丝，下沉宁自觉。

未免利者求，潜潭不为遐[3]。

注释

[1] 青石：指蟹壳的颜色。

[2] 曷虞：怎么担心。

[3] 遐：远。

◎螃蟹

　　螃蟹是节肢动物门十足目甲壳类动物，种类较多，常见的螃蟹种类有花蟹、石蟹、红蟹、旭蟹、面包蟹、梭子蟹、河蟹、青蟹、帝王蟹、大闸蟹、珍宝蟹、沙母蟹等。螃蟹虽然和鱼相差甚远，但也是靠鳃呼吸。螃蟹大多生活在海里，也有不少生活在淡水或陆地。螃蟹不挑食，但最爱小鱼虾，也有螃蟹吃海藻。

　　螃蟹为卵生，母蟹一次可产卵数百万粒，卵在母蟹腹部孵化后才离开母体。孵化后的幼体经过几次退壳长成大眼幼虫，大眼幼虫经过几次退壳长成幼蟹，幼蟹还要经过几次退壳才能长大。螃蟹换新壳后，掉了的眼睛和步足能够再生。

　　螃蟹的眼睛很奇特，如同带把儿的小球，"把儿"能够灵活转动，还能伸缩自如。螃蟹没有耳朵，靠腿上特殊的感觉器官感受声音和方向。有的螃蟹能用螯敲击地面或者撞击螯发出声音，与同伴进行交流。

　　螃蟹最出名的应该是它那"霸道"的走路姿势。螃蟹的腿由7个关节组成，不过每个关节只能上下弯曲，不能前后活动。因此，螃蟹爬行时，一侧的腿先弯曲后伸直，另一侧的腿就先伸直再弯曲，就形成了横向行走。并不是所有螃蟹都是"横行霸道"的，和尚蟹就是直行。

　　中国食蟹历史悠久，自然有不少文人为其写诗作画。如唐彦谦的《蟹》言："无肠公子固称美，弗使当道禁横行。"苏轼的《丁公默送蝤蛑》言："堪笑吴兴馋太守，一诗换得两尖团"等。

素描——螃蟹

未游沧海早知名，有骨还从肉上生。
莫道无心畏雷电，海龙王处也横行。

————〔唐〕皮日休

酬李唐臣赠山水短轴

〔宋〕晁补之

大山宫，小山霍[1]，欲识山高观石脚。
大波为澜，小波为沦，欲知水深观水津。
营丘于此意独亲，杜侯[2]所与复有人。
不见李侯今五载，苦向营丘有余态。
齐纨如雪吴刀[3]裁，小毫束笋缣囊开。
经营初似烟云合，挥洒忽如风雨来。
苍梧泱漭天无日，深岩老树洪涛入。
榛林暗漠猿狖寒，苔藓侵淫螺蚌湿。
纷纷禽散江干沙，有风北来吹蒹葭。
前洲后渚相随没，行子渔人归径失。
李侯此笔良已奇。
我闻李侯家朔垂，跨河而北宁有之？
曷不南游观禹穴，梅梁锁涩萍满皮，神物变化当若斯[4]。
元君画史虽天与，我论绝艺无今古。
张颠草书要剑舞，得意可无山水助？
他日李侯人益慕。

注释

[1] 大山宫，小山霍：小山在中间，大山在外围绕。宫，围绕。
[2] 杜侯：杜刑曹。
[3] 吴刀：古代名刀。张华《博陵王宫侠曲》曰："吴刀鸣手中，利剑严秋霜。"
[4] "曷不"三句：《四明图经》载："鄞县……山顶有大梅木，其上则伐为会稽禹庙之梁。张僧繇画龙于其上，夜或风雨，飞入镜湖，与龙斗。后人见梁上水淋漓，而萍藻满焉，始骇异之，乃以铁索锁于柱。"

◎螺

　　螺是中腹足目玉螺科或田螺科的一种腹足类动物，在白垩纪以前就存在。螺有个封闭的壳，身体可以缩入壳中得到保护。螺的种类繁多，有蝾螺、蟹守螺、马蹄螺、星螺、麦螺、钟螺等，这些螺为草食性螺。还有一些螺为肉食性螺，如汤加织纹螺等。

　　螺壳坚硬，多为圆锥形，有明显的生长纹以及较粗的螺棱。李时珍在《本草纲目·介部》中写道："螺，蚌属也。大者如斗，……老钿螺光彩可饰镜背者，红螺色微红，青螺色如翡翠，蓼螺味辛如蓼，紫贝螺即紫贝也。鹦鹉螺质白而紫，头如鸟形……"

　　在古代，人们会用螺的壳做酒杯、号角、工艺品等，如葛洪的《抱朴子·酒诫》言："夫琉璃海螺之器，并用满酌，罚余之令遂急，醉而不止。"范仲淹在《酬李光化见寄二首》中也有海螺作为酒杯的记载："石鼎斗茶浮乳白，海螺行酒滟波红。"

鹧鸪天·睡起即事

〔宋〕辛弃疾

水荇参差动绿波[1]，一池蛇影噤群蛙。因风野鹤饥犹舞，积雨山栀病不花。

名利处，战争多，门前蛮触[2]日干戈。不知更有槐安国，梦觉南柯日未斜。

注释

[1]"水荇"句：《诗经·周南·关雎》："参差荇菜，左右流之。"
[2] 蛮触：典故，出自《庄子·则阳》："有国于蜗之左角者曰触氏，有国于蜗之右角者曰蛮氏。时相与争地而战，伏尸数万，逐北旬有五日而后反。"比喻因小事而争吵的双方。白居易《不如来饮酒七首》其七："相争两蜗角，所得一牛毛。"

闻蛙

〔宋〕陆游

科斗 [1] 忽安在，蛙声豪有余；
虽成两部乐 [2]，恨失一编书 [3]。
忿怒 [4] 缘何事？号呼可奈渠。
厨人不遐弃，犹得伴溪鱼。

注释

[1] 科斗：蝌蚪。
[2] 两部乐：两部鼓吹，指蛙鸣。
[3] 一编书：一种字体，指科斗文。因起笔粗收笔细而得名。诗中用科斗文代指蝌蚪。
[4] 忿怒：蛙鸣叫时腹部鼓起，就像在发怒。

◎蛙

　　蛙是两栖纲无尾目动物，后肢比前肢发达，后脚趾间有薄膜肉质蹼，在水中时可以用来划水。蛙的种类很多，在农田中常见的有黑斑蛙、泽蛙、金线蛙、花背蟾蜍等，还有生活在我国南方的牛蛙、虎纹蛙、棘蛙，还有体积较小的姬蛙、浮蛙以及善于爬树的树蛙等。

　　蛙一般以昆虫和软体动物为食。蛙的眼睛有三层眼睑，有两层是透明的，可以保护在水下时眼睛不受伤。蛙一般可以看见正在移动的物体，看不见静止的物体。蛙的捕食方式很有趣，看见移动的猎物时，会快速伸出长长的、黏黏的舌头将猎物粘住，收回口中吞下。蛙是消灭害虫的能手。

　　蛙善于鸣叫，它们的叫声也有不同的含义。如快要下雨时，会发出欢快的叫声；夏季求偶时，会发出响亮的叫声；划分地盘时发出震耳欲聋的叫声，说明它们对划分结果不满，存在很大争议。

　　夏季的夜晚，农田、水塘边总会不时传来蛙声。因此，在古诗词中，蛙声也经常成为文人寄托情感的一个意象，如贾岛的"雨后逢行鹭，更深听远蛙"，陆游的"池满浮雏鸭，庭荒噪渴蛙"，元好问的"烟霄自属千金马，月旦真成两部蛙"。

晚春田园杂兴十二绝·其二

〔宋〕范成大

五月江吴麦秀寒，移秧 [1] 披絮尚衣单。
稻根科斗行如块，田水今年一尺宽。

注释

[1] 移秧：移栽秧苗，即插秧。

山园杂咏

〔宋〕陆游

残春终日在林亭，散发披衣醉复醒。

科斗已成蛙合合，樱桃初结子青青。

鱼游沧海宁濡沫[1]，禽慕雕笼即翦翎[2]。

薄晚[3]东风吹小雨，笑携长镵[4]伴畦丁。

注释

[1] 濡沫：《庄子·大宗师》："泉涸，鱼相与处于陆，相呴以湿，相濡以沫，不如相忘于江湖。"

[2] 翦翎：韩愈《调张籍》："翦翎送笼中，使看百鸟翔。"

[3] 薄晚：将晚。

[4] 镵：掘土工具。

◎蝌蚪

　　蝌蚪是两栖纲无尾目动物，是蛙、蟾蜍、蝾螈、鲵等两栖类动物的幼体，别名个妞、虾蟆子、玄鱼等。刚孵化出来的蝌蚪，身体呈圆形或椭圆形，没有四肢、口、内腮，但有尾巴。头部两侧有外腮，可呼吸。头部下方有吸盘，可附着在水草上，这时靠体内残存的卵黄供给营养。

　　随着蝌蚪的成长，眼睛和鼻孔会相继出现，口出现后，唇部的角质齿可以刮吃藻类，也有的蝌蚪以蚯蚓、甲虫等小动物的尸体为食，也有一些蝌蚪没有角质齿，就靠过滤水中的浮游生物为食。

　　蝌蚪长到一定时期，有的会先长出后肢，末端会分化出五趾，然后再从鳃盖部位长出前肢，尾巴逐渐萎缩，最后消失，口部也会慢慢发育成蛙的样子。

　　关于蝌蚪，《本草纲目》《古今注》等均有记载。如《本草纲目》中言："蝌蚪生水中……状如河豚，头圆，身上青黑色，始出有尾无足，稍大则足生尾脱。"《古今注》中言："虾蟆子曰蝌蚪，一曰玄针，一曰玄鱼。形圆而尾大，尾脱即脚生。"

送鲍都官[1]钱塘通判

〔宋〕梅尧臣

文鳐游西海，夕飞向吴洲，
朱鳖生明月，渊潜未可求，
由来有变化，何能计沉浮。
君子蹈出处，谁能等隅陬[2]，
临水赋二者，相送无离忧。

注释

[1] 鲍都官：疑是鲍当。《宋诗纪事》："当，景德二年进士，为河南府法曹，历职方员外郎，有《清风集》。"
[2] 隅陬（zōu）：角落。

◎鳐

　　鳐鱼是软骨鱼纲鳐形目鱼类，种类较多，如蝠鲼、电鳐、线板鳐、黄貂鳐、何氏鳐等。鳐鱼在我国有不同的俗称，如劳子鱼、老板鱼等。鳐鱼体形也有很大差异，体形小的只有50厘米，大的可达8米。鳐鱼喜欢栖息在海底，常常把部分身体埋在水底的沙子中。

　　鳐鱼是一种软骨鱼，有的部位钙化后具有一定的硬度。鳐鱼的身体扁平，尾巴细长，没有脖子，眼睛和气孔长在背部，嘴巴长在腹部。鳐鱼的食物为小鱼、无脊椎动物以及甲壳类动物。它们通常静静地躲在沙底袭击身边的这些动物，电鳐鱼甚至会通过放电来捕食猎物。

　　鳐鱼由于生活在海底，长期将身体埋在沙中，尾鳍慢慢退化，像一根细长的鞭子，靠胸鳍波浪般地推动身体前进。不过鳐鱼的背部有一根有毒的红色刺。人倘若不幸被刺中，就会有生命危险。鳐鱼的头部有两道缝，海水会从这里进入身体，然后从嘴巴后面，即位于腹部的鳃裂口排出。

鹧鸪天·胡提舶生日

〔宋〕洪适

月上初弦映左弧 [1]。葭吹六琯 [2] 转璇枢。日边远近瞻新渥 [3]，天下中庸系两都。

犀献角，蚌回珠 [4]。皇皇星节烛扶胥。满斟北海尊中酒 [5]，请寿安期涧底蒲。

注释

[1] 左弧：左符。地方长官所持信符。
[2] 葭吹六琯：杜甫《小至》："刺绣五纹添弱线，吹葭六琯动浮灰。"古代测算时令变化之法，将芦苇茎中的薄膜烧制成灰，填在十二乐律管内，置于密室，每月节气到来，相应律管里的灰就自动飞出。
[3] 渥：指恩惠。
[4] 蚌回珠：代用珠还合浦的故事。
[5] 北海尊中酒：孔融任北海太守，曾言愿"座上客恒满，尊中酒不空"。

◎蚌

蚌又叫水蚌，也称河蚌，是蚌目珠蚌科双壳类动物，是一种生活在江、河、湖、海里的贝类，大部分能在体内自然形成珍珠。人们通常把生活在海里的蚌称为蛤，生活在河里的叫蚌。蚌主要分布在亚洲、欧洲、北美、北非，以微小生物和有机碎屑为食。由于头和齿舌的消失，蚌采用"滤食"的方式进食。蚌的行动迟缓，用鳃呼吸。

蚌没有明显的头部，整个身体被两片贝壳包围，壳顶在背面，以壳顶为中心，有许多呈同心环排列的生长线。两片贝壳里面有肌肉韧带相连，可以使贝壳张开。贝壳的结构可以分为三层：最外面为角质层，较薄，作用是防止酸碱的腐蚀；角质层下面是白色的较厚的棱柱层，这两层都是由外套膜边缘分泌而成的；最内层称为珍珠层，表面光滑，有珍珠光泽，由外套膜的外层上皮分泌而成，在整个生长过程中不断加厚。

我国与蚌有关的记载较多，如蚌舞，也称为蚌灯。一般表演时，一人身背用竹、布做成的大蚌壳，扮成蚌，一人则扮成渔夫，再有一人扮成鹬，共同表演"鹬蚌相争，渔翁得利"的场景。

第四篇　传说动物

CHUANSHUO DONGWU ●●

龙池[1] 篇

〔唐〕沈佺期

龙池跃龙龙已飞，龙德[2] 先天天不违[3]。
池开天汉[4] 分黄道，龙向天门入紫微。
邸第楼台多气色，君王凫雁有光辉。
为报寰中[5] 百川水，来朝此地莫东归。

注释

[1] 龙池：位于长安隆庆坊，在玄宗未即位时所居邸宅中。
[2] 龙德：天子之德。
[3] 先天天不违：《周易·乾·文言》："夫大人者，与天地合其德，与日月合其明，与四时合其序，与鬼神合其吉凶，先天而天弗违，后天而奉天时。"
[4] 天汉：天河，银河。
[5] 寰中：天下。

◎龙

龙是古代神话传说中的第一神兽，由上古时期的图腾发展而来。龙为万兽之王，是风和雨的主宰，象征着祥瑞。龙威武矫健，长相奇特，各个时期的记载也不尽相同，但可以肯定的是均由多种动物的形象组成。宋朝罗愿《尔雅翼》的记载为："角似鹿、头似驼、眼似兔、项似蛇、腹似蜃、鳞似鱼、爪似鹰、掌似虎、耳似牛。"《本草纲目·翼》的记载为："龙者鳞虫之长。王符言其形有九似：头似驼，角似鹿，眼似兔，耳似牛，项似蛇，腹似蜃，鳞似鲤，爪似鹰，掌似虎是也。"

龙的种类较多，主要有青龙、夔龙、虬、虺、蟠螭、蛟、角龙、黄龙、应龙、蟠龙、象鼻龙等。其中青龙为"四神"之一，又称苍龙，与白虎、朱雀、玄武一起称为四大神兽。青龙作为四大神兽之首，非常尊贵。西汉时期，由淮南王刘安及其门客编著的《淮南子·天文训》中说："天神之贵者，莫贵于青龙。"夔龙是商的族徽，是龙的萌芽，据《山海经·大荒东经》记载："状如牛，苍身而无角，一足，出入水则必风雨，其光如日月，其声如雷，其名曰夔。"虬是龙的幼年期，蛟是小龙，"虬五百年化为蛟，蛟千年化为龙"。蟠螭是一种没有角的龙，呈蛇状。春秋至秦汉时期，其形状多用来装饰青铜器、铜镜以及建筑。角龙指有角的龙，《述异记》中言："蛟千年化为龙，龙五百年为角龙。"应龙，指有翼的龙，《广雅》中言："有鳞曰蛟龙，有翼曰应龙。"黄龙是中国龙的正宗，是象征着皇权的宫廷龙。黄龙全身黄色，飞行时有耀眼的金黄色光芒。蟠龙是

◎龙	指蛰伏在地面还未飞升之龙。 　　龙文化在中国影响深远，人们把龙视为神灵来崇拜。在古代，统治阶级利用人们对龙的崇拜心理，为了维护统治，把皇帝神化为龙的化身。此外，还有许多与龙有关的传说和活动等，如元宵节舞龙，端午节赛龙舟，二月二龙抬头等。

西江月·偃月炉[1]中金鼎

〔宋〕薛式

　　偃月炉中金鼎，三台两曜形神。尊卑简易汞中真。握固休推心肾。

　　白虎长存坎户[2]，青龙却与南邻。阴魂阳魄似窗尘。大意不离玄牝[3]。

注释

[1] 偃月炉：喻内丹，道教内丹术语。

[2] 坎户：气功术语，丹田异名。

[3] 不离玄牝：指不离阴阳之意。

◎白虎

白虎为中国四大神兽之一，在汉代的五行观念中，白虎被视为西方神兽。白虎是正义、威严的象征，《风俗通义》认为白虎能"执搏挫锐，噬食鬼魅"，汉代南阳画像石中有"虎吃女魃"图。白虎也是战神的象征，如古代的大将被认为是白虎星转世，称为虎将，军旗为白虎旗，兵符为虎符等。《后汉书·郎颉传》有"罚者曰白虎，其宿主兵"的记载。

白虎在古代既是驱邪、保平安，预示吉兆的神兽，也是凶神的象征。如白虎早上鸣声如雷，则预示着有圣人出现。白虎也被称为"丧门星"。《警世通言》中言："白虎临身日，临身必有灾。"

在楚文化中巴族首领廪君死后化为白虎，这一神话传说源自氏族部落对虎的图腾崇拜。巴人崇虎的历史实际上更早，可以追溯到上古时期。《列子》对伏羲氏的记载为："蛇身人面，牛首虎鼻"。著名学者潘光旦教授认为："伏羲之名，既近于'比兹'，又近于'白虎'。白虎的传说，实不始于廪君，而必须远溯到伏羲"。另外，《山海经》中也有很多人虎同为一体的记载，这些都反映了我国对虎的崇拜历史悠久。

水调歌头·十之四

〔宋〕夏元鼎

真一[1]北方气，玄武产先天。自然感合，蛇儿却把黑龟缠。便是蟾乌[2]遇朔，亲见虎龙吞啖[3]，顷刻过昆仑[4]。赤黑[5]达表里，炼就水银铅。

有中无，无中有，雨玄玄。生身来处，逆顺圣凡分。下士闻之大笑，不笑不足为道[6]，难为俗人论。土塞命门了，去住管由君。

注释

[1] 真一：道家语，指保持本性，自然无为。

[2] 蟾乌：指太阳和月亮。

[3] 虎龙吞啖：《金丹四百字》："龙从东海来，虎向西山起。两兽战一场，化作天地髓。"注曰："心中正阳之气为龙，木能生火，震属木，故龙从东海来。肾中真一之精为虎，金能生水，兑属金，故虎向西山起。若使龙吟云起而下降，虎啸风生而上升，二兽相逢，交战于黄屋之前，则龙吞虎髓，虎啖龙精，风云庆会，混合为一而化为天地之髓矣。"

[4] 昆仑：喻头顶。

[5] 赤黑：赤指朱砂，黑指黑铅。

[6] 下士闻之大笑，不笑不足为道：《老子》："下士闻道，大笑之，不笑不足以为道。"

◎玄武

　　玄武是中国四大神兽之一，是由龟与蛇组合成的一种灵物，也叫龟蛇。玄武是远古时期北方民族的图腾。《楚辞·远游》中言："时暧暧其曨莽兮，召玄武而奔属。"洪兴祖《楚辞补注》："玄武，谓龟蛇。位在北方，故曰玄。身有鳞甲，故曰武。"

　　在我国二十八星宿中，玄武是北方七宿斗、牛、女、虚、危、室、壁的总称。《经稗》中有记载："北方玄武，谓南斗、牵牛、女、虚、危、营室、东壁，有龟蛇体，在北方，故曰玄武也。"在上古时期，人们认为龟有硬甲，能抵御灾难；蛇无甲，但能退让，可以避害。《礼记·曲礼》有载："玄武，龟也。龟有甲，能御侮用也。"

　　玄武最初是对"龟卜"的形容，即让龟把难题带给冥界的祖先卜问，再将答案带回以卜的形式显示。玄武也称为玄冥，为水神，生活在北海，冥间在北方。因此，玄武为北方之神。另外，龟蛇象征长寿，汉代以前的贵族常佩戴玉制龟佩。汉代以前，玄武是神龟的象征；汉代以后，玄武的形象在神龟的基础上增加了蛇的形象。

　　汉代谶纬学说兴起后，玄武又增加了幽冥、智德等含义。后来道教将其吸纳为护法神，称为执明神君，成为四圣之一的北极真武大帝。后来道教将玄武人格化为真武大帝，在供奉的真武大帝像两旁多有龟、蛇形象。玄武大帝的道场在湖北武当山，所以武汉隔江相持有龟山和蛇山。

浣溪沙·玉柱檀槽 [1] 立锦筵

〔宋〕曹勋

玉柱檀槽立锦筵。低眉信手曲初传。凤凰飞上四条弦。
杨柳已吹三叠韵 [2]，何须人在九江船 [3]。夜凉人与月婵娟。

注释

[1] 檀槽：檀木制成的琵琶、琴等弦乐器上架弦的槽格。
[2] 杨柳已吹三叠韵：杨柳三叠，指杨柳枝曲。刘禹锡《杨柳枝词》："请
君莫奏前朝曲，听唱新翻杨柳枝。"
[3] 九江船：白居易的《琵琶行》是在九江送客时闻船上夜弹琵琶而作，
后以此事寓"江州司马青衫湿"的悲凉之意。

◎凤凰

凤凰也作凤皇，是传说中的百鸟之王，雄为凤，雌为凰，凤凰齐飞是吉祥的象征。有关凤凰的记载最早出现在《山海经》中，"有鸟焉，其状如鸡，五采而文，名曰凤皇"。在《淮南子》中也有"羽嘉生飞龙，飞龙生凤凰，凤凰生鸾鸟，鸾鸟生庶鸟，凡羽者生于庶鸟"的记载。因此，后世认为凤凰是飞龙的后代。经过不断演化，秦汉以后，凤凰的形象逐渐雌雄不分，整体被"雌"化，成为帝后妃嫔的象征。

凤凰作为龙的后裔，也是多种鸟禽集合而成的一种神物。晋人郭璞为《尔雅·释鸟》所作注曰："凤，瑞应鸟。鸡头，蛇颈，燕颔，龟背，五彩色，其高六尺许。"凤凰品性高洁，传说"凤凰之声如箫，不啄活虫，不折生草，不群居，不去淫秽处，无罗网之难，非梧桐不栖，非竹食不食，非灵泉不饮，飞则百鸟从之"。

凤凰作为神鸟，在我国有许多关于它的典故。西汉司马相如一曲《凤求凰》"凤兮凤兮归故乡，遨游四海求其凰……何缘交颈为鸳鸯，胡颉颃兮共翱翔……"，大胆直率的表白打动了才女卓文君的心。春秋战国时期，陈国大夫懿氏把女儿嫁给陈厉公之子陈敬仲，占卜得卦曰："吉，是谓'凤凰于飞，和鸣锵锵……五世其昌，并于正卿。八世之后，莫之与京。'"后来凤鸣锵锵用来指夫妻能够和洽，后世能够强大。凤凰涅槃是说凤凰可活五百年，临死的时候，集梧桐枝于周身，燃火自焚，从灰烬中浴火重生。凤凰来仪

| ◎凤凰 | 是说韶乐美妙动听，引来凤凰翩翩起舞。此外，还有百鸟朝凤、凤鸣岐山、吹箫引凤、凤还巢、凤毛麟角等典故。 |

曲江二首·其一

〔唐〕杜甫

一片花飞减却春[1]，风飘万点正愁人。
且看欲尽花经眼[2]，莫厌伤多酒入唇。
江上小堂巢翡翠[3]，苑边高冢卧麒麟。
细推物理须行乐，何用浮名绊此身？

注释

[1] 减却春：减掉春色。
[2] 经眼：从眼前经过。
[3] 巢翡翠：翡翠鸟筑巢。

◎麒麟

麒麟是我国古代传说中的一种瑞兽，雄为麒，雌为麟，《宋书》中有载："麒麟者，仁兽也。牡曰麒，牝曰麟。"麒麟外形也是多种动物的集合体，龙头、鹿角、狮眼、虎背、马足、牛尾，全身有鳞甲，头顶有角，角端有肉。据《淮南子·地形训》记载："毛犊生应龙，应龙生建马，建马生麒麟，麒麟生庶兽，凡毛者生于庶兽。"麒麟是应龙的孙辈。麒麟性情温和，传说能活两千多年。

麒麟作为瑞兽，其出没处，必有祥瑞。在民间，也有麒麟送子之说。相传孔子出生前就出现了麒麟。而孔子去世前也出现了麒麟，《春秋》中有"鲁哀公十四年（前481）春，西狩获麟"的记载，孔子却认为"吾道穷矣"，因而发出了"唐虞世兮麟凤游，今非其时来何求。麟兮麟兮我心忧"的忧虑。《史记》中也有关于麒麟的记载，汉武帝元狩元年（前122）曾获白麟，认为是祥瑞，甚是高兴，为此还更改了年号。

在古代神兽中，龙、凤逐渐演化为统治阶级的象征，麒麟虽为龙孙，但慢慢被排挤到民间，成为老百姓心中能够带来福禄、美好、长寿的象征。在建筑、服饰上都有麒麟图案。另外，麒麟也被制成各种饰物送给儿童佩戴。

水调歌头·和赵周锡

〔宋〕陈亮

　　事业随人品，今古几麾旌？向来谋国万事，尽出汝书生。安识鲲鹏变化 [1]，九万里风在下，如许上南溟 [2]。斥鷃 [3] 旁边笑，河汉一头倾。

　　叹世间，多少恨，几时平！霸图消歇，大家创见又成惊。邂逅汉家龙种 [4]，正尔乌纱白纻，驰骛 [5] 觉身轻。樽酒从渠说，双眼为谁明？

注释

[1] 鲲鹏变化：《庄子·逍遥游》中言："北冥有鱼，其名为鲲。鲲之大，不知其几千里也。化而为鸟，其名为鹏。鹏之背，不知其几千里也。怒而飞，其翼若垂天之云。"
[2] 南溟：古代神话中的南海。
[3] 斥鷃：一种小鸟。
[4] 汉家龙种：借赵周锡与宋朝皇家同姓对其进行挖苦讽刺。
[5] 驰骛：纵横奔驰。

◎鲲鹏

　　鲲鹏为中国古代神话传说中的神兽。鲲鹏之名目前最早出现在《列子·汤问》中，"穷发之北，有冥海者，天池也。有鱼焉，其广数千里，未有知其修者，其名为鲲。有鸟焉，其名为鹏，背若泰山，翼若垂天之云"。《庄子·逍遥游》也有类似的记载："北冥有鱼，其名为鲲。鲲之大，不知其几千里也。化而为鸟，其名为鹏。鹏之背，不知其几千里也；怒而飞，其翼若垂天之云。是鸟也，海运则将徙于南冥。南冥者，天池也。"

　　鲲鹏是远古崇拜遗风的神化，是风神和水神的图腾结合。其形一般为龙首凤翅，走兽状。长沙楚帛书十二月神，其中正月为长尾独足怪兽，学者李学勤认为：此神"兽身鸟足，长颈蛇首，口吐歧舌，全身作蜷曲状。首足赤色，身尾青色。"鲲鹏非常长寿，章学诚在《文史通义》写道："鲲鹏之寿十亿，虽千年其犹稚也。"

　　鲲鹏作为神兽，有着鹏程万里、前途无量的寓意，受到历代文人的喜爱。如李白的《上李邕》言："大鹏一日同风起，扶摇直上九万里。"苏轼有《催试官考较戏作》诗言："鲲鹏水击三千里，组练长驱十万夫。"

再次韵并序

〔宋〕黄庭坚

　　庭坚老懒衰堕，多年不作诗，已忘其体律。因明叔有意于斯文，试举一纲而张万目。盖以俗为雅，以故为新，百战百胜，如孙吴之兵，棘端可以破镞；如甘蝇飞卫之射，此诗人之奇也。明叔当自得之。公[1]眉人，乡先生之妙语，震耀一世。我昔从公得之为多，故今以此事相付。

穷奇[2]投有北[3]，鸿鹄止丘隅。
我已魑魅御，君方燕雀俱。
道应无蒂芥，学要尽工夫。
莫斩猿狙杙[4]，明堂待栋桴[5]。

注释

[1] 公：指苏轼。
[2] 穷奇：一种凶兽。《左传》："少皞氏有不才子……谓之穷奇。""舜臣尧，宾于四门流四凶族，浑敦、穷奇、梼杌、饕餮，投诸四裔，以御魑魅。"
[3] 有北：北方。有，语气助词。
[4] 莫斩猿狙杙：不要把尚未成材的小木条砍掉，用来作为建筑明堂的栋梁。狙，猕猴。杙，小木桩。
[5] 桴：房屋大梁上的小梁。

◎穷奇

穷奇是中国古代神话传说中的凶兽，与浑敦、梼杌、饕餮并列为四大凶兽。穷奇长相似虎，有一对翅膀，喜欢吃人。《山海经》中有载："穷奇状如虎，有翼，食人从首始，所食被发。在蜪犬北。一曰从足。"据说穷奇能听懂人言，颠倒黑白，专门吃好人。穷奇总是把正直有理的人吃掉，将忠诚的人的鼻子咬掉。而对于恶人，穷奇则会捕捉野兽赠送给他，并鼓励他多做坏事。可见，穷奇绝对是一只惩善扬恶的凶兽。

关于穷奇的来历有不同的说法：一说少暤氏之子；一说风神后裔。《左传》《史记》认为穷奇是少暤氏之子，《左传·文公十八年》中言："少暤氏有不才子，毁信废忠，崇饰恶言，靖谮庸回，服谗搜慝，以诬盛德，天下之民谓之穷奇。"《史记·五帝本纪》中言："少暤氏有不才子，毁信恶忠，崇饰恶言，天下谓之穷奇。"《淮南子·地形训》中也言："穷奇，广莫风之所生也。"高诱注《淮南子》认为穷奇是风神的后裔。

与刘伯宗绝交诗

〔汉〕朱穆

北山有鸱[1]，不洁其翼。
飞不正向，寝不定息。
饥则木榄[2]，饱则泥伏。
饕餮[3]贪污，臭腐是食。
填肠满嗉[4]，嗜欲无极。
长鸣呼凤，谓凤无德。
凤之所趋，与子异域。
永从此诀，各自努力。

注释

[1] 鸱：指鸱鸮，指鹞鹰。
[2] 木榄：指鸱在树上捕捉小鸟。
[3] 饕餮：传说中的凶兽。贪财为饕，贪食为餮。
[4] 嗉：又作"嗦"，鸟类喉咙中装食物的地方。

◎饕餮

饕餮是中国古代神话传说中的神秘怪物，又名老饕、狍鸮，为四大凶兽之一。据《山海经》记载，饕餮是羊身人面，虎齿人手，眼在腋下。饕餮非常贪吃，见到吃的就停不下来，最后把自己的身体都吃掉了，吃得只剩下一颗脑袋。

关于饕餮的起源主要有两种说法。

一种说法认为饕餮是缙云氏之子。《左传》《史记》等书均有记载。《左传·文公十八年》中言："缙云氏有不才子，贪于饮食，冒于货贿，侵欲崇侈，不可盈厌，聚敛积实，不知己极，不分孤寡，不恤穷匮，天下之民以比三凶，谓之饕餮。"

另一种说法认为饕餮是蚩尤所变。相传上古时期九黎族的部落首长蚩尤，善于作战，且有八十一个兄弟，个个铜头铁额，本领非凡。蚩尤连续九次打败炎帝和黄帝，并诛杀炎帝和黄帝部落中的无辜平民，惹恼了天神。上天就派玄女下来教授黄帝用兵的神符，黄帝率领熊、罴、虎、豹，与炎帝联合打败了蚩尤。蚩尤的脑袋被黄帝砍了下来，落地之后就变成了饕餮。饕餮只有一个脑袋和嘴，非常贪吃。

由于饕餮贪吃，它也成了贪婪的象征。但苏轼在《老饕赋》中说"盖聚物之夭美，以养吾之老饕"，由此饕餮在苏轼的笔下又有了些许可爱的成分。后来喜爱美食的人也自称"饕餮族"。曹禺在话剧《北京人》第一幕中也用饕餮来形容爱吃的人，"他最讲究吃，他是个有名的饕餮，精于品味食物的美恶"。

据《山海经》记载："饕餮性好食，故立于鼎盖。"商周时期鼎上的主要纹饰便是饕餮纹。

素描——饕餮

饥则木揽，饱则泥伏。
饕餮贪污，臭腐是食。

——〔汉〕朱穆

三青鸟

〔元〕杨维桢

翩翩三青鸟 [1]，来自西王母。
作使东王公 [2]，请致东王语。
白日不有夜，四时长为春。
天上神仙宅，地上羲皇人。

注释

[1] 三青鸟：古代神话传说中的神鸟，有三足。《山海经》："西王母
梯几而戴胜。其南有三青鸟，为西王母取食。"
[2] 东王公：又称扶桑大帝、东华帝君，与西王母相对应。

◎三足乌

　　三足乌又名三足乌、金乌、阳乌、金乌、踆乌等，是中国古代神话传说中的神鸟。《论衡》所载："日中有三足乌。"即指此鸟。据《山海经》记载，三足乌是远古神话传说中帝俊与羲和的儿子。当时，羲和生了十日，它们既有人和神的特征，又是金乌的化身，是长有三只足的踆乌，是会飞翔的太阳神鸟。它们每天轮流上岗，后来却同时出来，导致天下大旱，直至被后羿射杀了九日。

　　三足乌的长相，古书中没有明确的记载，只有汉代画像石上有三足乌的形象，有的是日中一只飞翔的金乌，有的是立在日中的三足之鸟，有的是绕日飞翔的三只神鸟，有的在西王母的座旁，为西王母取食之鸟，也被称为三青鸟。

　　在民间传说中，三足乌为日之精，居住在日中。据《玄中记》记载："蓬莱之东，岱舆之山，上有扶桑之树，树高万丈。树巅常有天鸡，为巢于上。每夜至子时则天鸡鸣，而日中阳乌应之；阳乌鸣，则天下之鸡皆鸣。"

　　三足乌在史书中有较多记载，如《河图括地图》"昆仑在若水中，非乘龙不能至。有三足神乌，为西王母取食。"《论衡·说日》："日中有三足乌，月中有兔、蟾蜍。"《淮南子·精神训》："日中有踆乌。"高诱注："踆，犹蹲也。谓三足乌。"

沁园春·我自无忧

〔宋〕陈人杰

南金又赋无愁。予曰：丈夫涉世，非心木石，安得无愁时？顾所愁何知尔。杜子美平生困踬不偶，而叹老嗟卑之言少，爱君忧国之意多，可谓知所愁矣。若于着衣吃饭，一一未能忘情，此为不知命者。故用韵以反骚。

我自无忧，何用攒眉，今忧古忧？叹风寒楚蜀，百年受病；江分南北，千载归尤。洛下铜驼[1]，昭陵石马[2]，物不自愁人替愁。兴亡事，向西风把剑，清泪双流。

边头[3]，依旧防秋，问诸将君恩酬未酬？怅书生浪说[4]，皇王帝霸；功名已属，韩岳张刘[5]。不许请缨，犹堪草檄，谁肯种瓜归故丘[6]？江中蜃[7]，识平生许事，吐气成楼。

注释

[1] 洛下铜驼：洛阳宫门外的铜铸骆驼。《晋书·索靖传》："靖有先识远量，知天下将乱，指洛阳宫门铜驼，叹曰：'会见汝在荆棘中耳。'"
[2] 昭陵石马：指唐太宗昭陵前六块石雕的骏马。传说。安史之乱时，安禄山攻破潼关，唐军败退，忽有神兵神马助战，后来发现昭陵石马浑身流汗，曾前往助战。
[3] 边头：边塞。
[4] 浪说：随便说。
[5] 韩岳张刘：指南宋初年四位抗金将领韩世忠、岳飞、张俊、刘锜。
[6] 种瓜归故丘：指秦东陵侯召平长安城东种瓜之事。
[7] 蜃：传说中的海怪。古人认为海上的幻景是蜃吐气而成。

◎蜃

蜃是中国神话传说中的一种海怪，能够吐气形成海市蜃楼。蜃是龙的一种，《说文》有"蜃，雉入海化为蜃"的记载。据说蜃的父母是蛇和雉鸡，蛇和雉鸡要在正月交配产下的蛋才有变成蜃的可能。这枚蛋会引来满天云雷，当蛋被雷击中并被气浪埋入土中，才能变成一条盘曲着的蛇状生物，三百年后，这条蛇状生物跳进海里变成蜃。

蜃栖息在海岸，样子像蛟。《本草纲目》中言："其状亦似蛇而大，有角如龙状，红鬣，腰以下鳞尽逆，食燕子，能吁气成楼台城郭之状，将雨即见，名蜃楼，亦曰海市。其脂和蜡作烛，香凡百步，烟中亦有楼阁之形。"按照《本草纲目》的记载，蜃长相似龙，可吐气形成幻景，引诱捕食燕子。蜃死后，将其脂和蜡制成烛，点燃会有香气，且烟中亦能形成亭台楼阁之幻象。

江中蜃，识平生许事，吐气成楼。

——〔宋〕陈人杰

终

.
.

诗
歌
中
的
动
物

.
.